神奈川県警「ヲタク」担当
細川春菜4　テディベアの花園

鳴 神 響 一

幻冬舎文庫

神奈川県警「ヲタク」担当　細川春菜 4

テディベアの花園

目次

主要登場人物

細川春菜——神奈川県警刑事部刑事総務課捜査指揮・支援センターの専門捜査支援班に所属する巡査部長。二八歳、身長一五二センチで、時に女子高生に見間違えられるほどの童顔。富山県砺波市の実家は庄川温泉郷の旅館「舟戸屋」。

浅野康長——刑事部捜査一課強行七係主任、警部補。四〇歳くらい。筋肉質で長身。バツイチ。

赤松富祐——専門捜査支援班班長、警部補。経済・経営・法学系担当。

尼子隆久——専門捜査支援班、巡査部長。人文・社会学系担当。

大友正繁——専門捜査支援班、巡査部長。工学系担当。

葛西信史——専門捜査支援班、巡査部長。理・医・薬学系担当。

神保真也——事業家。三浦市諸磯に別荘を持ち、マリンスポーツが趣味。

神保慶一——真也の腹違いの兄。鎌倉市で不動産管理会社を経営。

関彩夏——ベア作家。真也の元恋人。小柄で細身の美人。

第一章　海辺の憂うつ

1

火曜日の横浜は朝は雲に覆われていたが、昼前からすっかり晴れて神奈川県警本部庁舎の窓の外には青空がひろがっていた。

そろそろ梅雨入りの季節だが、むしろ夏が訪れたかのようなつよい陽ざしが降り注いでいる。

細川春菜《ほそかわはるな》は昼食の時間を迎えようとしていた。

専門捜査支援班のメンバーは班長の赤松富祐《あかまつとみひろ》警部補をはじめ全員が顔をそろえている。

春菜以外の机の上には赤い龍が躍る崎陽軒《きようけん》のシウマイ弁当が並んでいた。

このセクションに異動になって二ヶ月と少しの春菜だが、これは珍しいことだと言えた。

メンバーたちはいつもは外食が中心で、一二時を待たずに部屋から出てゆく。

今日は、一〇時頃に出張に出かけた赤松がみんなの弁当を買ってきたのだ。春菜はいつものように自宅で弁当を作ってきたので、せっかくの厚意だが断った。

シウマイ弁当は横浜文化圏に住む者にとってソウルフードだという説もあるが、春菜にはそこまでの思い入れはない。とは言え、シウマイもご飯も卵焼きやタケノコの煮物などの副菜も美味《おい》しいので、いくらか残念だった。帰りに横浜駅で買って夕飯にしようか……。

春菜はメンバー全員のお茶を淹れて机の端に置くと自席に戻った。

「さぁて、春菜ちゃんの今日のお弁当はなんでしょうかねぇ」

さっさと自分の弁当に手をつければいいのに、正面に座る大友正繁《おおともまさしげ》が余計なことを言い出した。大友巡査部長は工学系の学者担当だ。

大友はわざわざ席を立って春菜の横に立った。

春菜は無視してネイビーのランチラッパーから弁当箱を取り出し、さっとフタを開けた。

大きく身を乗り出して大友は春菜の弁当箱を覗き込んだ。

「これは、すごい！　ご飯と卵焼きでピエト・モンドリアンとは！」

大友はわざとらしく両手を開いて叫び声を上げた。

「なになに、なんですと！」

大友の隣の席の尼子《あまご》隆久《たかひさ》が立ち上がって春菜の背後に歩み寄った。キツネに似た顔の尼子巡査部長は人文・社会学系の学者担当だ。

「さすがは才媛ですなぁ。まさか白飯と卵焼きで『冷たい抽象』の美学を表現なさるとはねえ」

尼子は大仰にのけぞってから、あごに手をやって大きな声でうなった。

だいたいこの連中は芝居がかった所作が好きだ。

念の入ったことだ。彼らの弁当イジリは何度に及んでいるだろう。

春菜の今日の弁当は、白いご飯の四隅に細長く切った卵焼きを埋め込んで帯のように覗かせただけのものだ。あえて正方形の弁当箱を使った。ミニハンバーグやボイルしたブロッコリーとニンジンなどはサブの弁当箱に収めてある。

「ええ、『4つの黄線で構成されたトローチ・コンポジション』を再現してみました」

弁当箱を四五度回転させると、春菜は無表情に答えた。

こうして正方形の角を立てると、いっそうトローチ・コンポジションらしくなる。

「えっ！」

尼子は細い目を大きく見開いて言葉を失った。

「ピエト・モンドリアンをご存じなんですか」

疑わしい目つきで大友は訊《き》いた。

「たしか、晩年期の作品でしたよね」

春菜の言葉にふたりは顔を見合わせた。

「一九三三年のはずなんですが……ご存じだったとは」

舌をもつれさせて尼子は言った。

「知っているから再現できたんです」

顔を上げて春菜は静かに微笑《ほほえ》んだ。

大友と尼子は肩を落としてそれぞれ自席に戻った。

春菜の隣の席でタヌキ顔の葛西信史《かさいのぶふみ》が肩をふるわせて笑っている。

一人だけ窓の方向に向かって座っている赤松班長は、そしらぬ顔でシウマイ弁当に箸を運んでいる。

「一八七二年生まれのオランダの画家。ワシリー・カンディンスキーやカジミール・マレーヴィチと並んで本格的な抽象絵画を描いた最初期の画家……ですよね」

春菜はスマホを取り出して、モンドリアンの紹介記事をさらっと読み上げた。

大友と尼子は知らんぷりして、それぞれ弁当のフタを開けている。

もちろん、春菜はピエト・モンドリアンなどよく知りはしない。通勤電車内でたまたま見かけたトートバッグの柄が素敵でネットで調べた。

　すると、ＭｏＭＡ（ニューヨーク近代美術館）が販売している《モンドリアントート》という製品であることがわかった。ピエト・モンドリアンの『赤、青、黒、黄、灰のコンポジション』という一九二一年の絵画にインスパイアされたキャンバストートバッグだったのだ。

　残念ながら、ＭｏＭＡ通販では売り切れ状態が続いていてまだ入手できていないが、五〇〇〇円ちょいなので、入荷時にはぜひ買おうと思っている。

　いずれにしてもこのバッグからピエト・モンドリアンの名を知ってその作品を検索するうちに『４つの黄線で構成されたトローチ・コンポジション』に出会った。

　大友たちをぎゃふんと言わせようというほどの気持ちはなかった。だが、イジられっぱなしの春菜としては、たまには反撃をしてみたかったのだ。

「どうやら裏をかかれたようですね」

　葛西はひとり忍び笑いを漏らし続けている。

　その後はほとんど会話もなく、大友と尼子はつまらなそうな顔で弁当を食べ続けていた。

　四月にこの捜査指揮・支援センターの専門捜査支援班に異動してきてから、春菜がセクハラやパワハラに遭ったことは一度もない。赤松班長をはじめ、大友、尼子、葛西の四人は警察官としてはとりわけて紳士的な人間たちだと言ってよい。

刑事部刑事総務課に属するこのセクションは、各分野で専門知識を持っている学者などから、捜査の参考になる専門知識を収集する役目を担っている。

従来は刑事部の各課や捜査本部、所轄刑事課などで個別に問い合わせていた内容を、まとめて専門家に照会するために創設された。刑事とは違って、班長以下のメンバーは大学院などで学んだ各分野の専門知識を持っている。学者などに対して的確な質問ができるし説明をじゅうぶんに理解できる。捜査本部などでは専門的知識に及ぶ調査にかかる時間が短縮でき、専門捜査支援班の存在するメリットは小さくはない。

春菜はふつうに私大を出て警察官となった。専門的知識などは持っているはずもない春菜がなぜこの係に配属されたかは本人にもわからない。

春菜は学者などの専門家ではなく、一般市民から構成される登録捜査協力員を担当している。

あらかじめ登録しておいてもらった神奈川県民に専門捜査支援班で必要と判断したときに連絡を取り、協力員が持つ広範な知識から情報を収集するという仕組みだった。

協力員の実態は各分野のヲタクだったが、幅広い分野にまたがる彼らの知識に対応できる者は警察内部にはいない。

ただ、春菜の前任者はヲタク相手の仕事に耐えられなくなって警察官を辞めた。

登録捜査協力員の対応には少しは慣れてきた春菜だったが、自分の職務に対する不安は消えてはいなかった。

春菜は淡々と弁当を食べ終えると、弁当箱を洗い歯磨きをするために洗面所へと立った。

自席へ戻ると、グレーのスーツを着た浅野《あさの》康長《やすなが》が姿を現していた。

康長は眉間にしわを寄せてしきりと赤松班長と話をしている。

捜査一課強行七係主任。康長は優秀な刑事で、性格はおだやかな男だった。

「細川、飯食ったか」

康長は明るく声を掛けてきた。

「お疲れさまです。はい、食べました」

春菜は元気よく答えた。

「立て続けで悪いが、相談事がある」

片頬で笑って康長は頼んだ。

「お役に立てるのなら、わたしは嬉しいですけど……」

春菜は赤松班長へと目線を移した。

「細川、いま抱えている事案はあるのか」

赤松班長は懸念がありそうに訊いてきた。

「直接の事案はありません。大友さんと葛西さんが調査した資料の整理がありますけど……」


春菜は大友たちになかば押しつけられた仕事について触れた。

ふたりは黙ってうつむいている。

「そんなのはふたりにやらせとけ」

ちょっとつよい調子で赤松班長は言った。

康長と赤松の階級は警部補で同じだ。だが、赤松はかつて所轄で康長の後輩だったことがあって、頭の上がらないところがあるらしい。

「いいのか、赤松？　現場《ゲンジョウ》にもつきあってもらいたいと思ってるんだが」

いくぶん遠慮がちに康長は訊いた。

「ええ、浅野さんが抱えている事案ですからね。細川でよければどんどん使ってやってください」

愛想のよい笑顔を浮かべて赤松班長は答えた。

「まぁ、またヲタクの知識を借りたいんで、そこは細川の本務ということになるか」

言い訳するように康長は言った。

たしかに登録捜査協力員と面談して、事案に関する質問をするのは春菜の本来の仕事である。

ただ、事件現場まで足を運ぶのは捜査一課への協力ということになろう。

「あの……ヲタクというわけでは……登録捜査協力員の皆さんです」

とまどいの声で春菜は答えた。表向きはヲタクと言うわけにはいかない。

「ああ、そのヲタク協力員の力を借りたいんだ。今回は難しいかもしれないが」

康長はいくぶん気ぜわしく言った。

「とにかくお話を伺いたいです」

春菜は弾んだ声を出した。

以前の職場、江の島署の防犯少年係にいた頃は毎日、外に出て少年たちを追いかけていた。

県警本部庁舎に閉じこもっているのは決して春菜に向いている仕事とは言えない。

「うん、どこか場所借りたいな」

「小会議室、確認してきます」

言うが早いか、春菜は刑事総務課フロアの奥へと小走りに急いだ。

幸い、小会議室は誰も使っていなかった。

春菜と康長はテーブルをはさんで向かい合って座った。

「まずは茶でも飲んでくれ」

康長は例によって紙袋からペットボトルの緑茶を出してテーブルに置いた。

最初に会ったときにこのフロアのお茶がまずいと話をしたら、康長は訪ねてくるたびにペットボトルの緑茶を買ってきてくれる。おみやげのつもりなのだろう。

「ありがとうございます」

かるく頭を下げると、春菜はペットボトルに口をつけた。

「さて、今回の事件の概要を聞いてもらおう」

相当な量を飲んだ後で康長は言葉を継いだ。

「今朝、三浦市諸磯《もろいそ》の別荘でホトケが発見された。マルガイは神保《じんぼ》真也《しんや》さん、二七歳の事業家だった。真也さんはスクーバダイビングやSUP《サップ》、ヨットなどの趣味があって、そのためにこの別荘を建てた。別荘は浜辺からすぐのところに建っている。いわゆるサーファーズハウスというスタイルの別荘だ。ただ、この海岸は磯だらけでサーフィンには向かないので、ダイバーズハウスと呼べばよいのかな」

言葉を切ると、康長はペットボトルから緑茶を飲んだ。

SUPはボードの上に立ちパドルを使って海面を進むスポーツだ。

「事件の端緒は通報ですか」

「そうだ。通報者は近所に住む真也さんのSUP仲間たちだ。九時に訪ねて一緒に海に行く約束をしていた。なんでも、この下の海でSUPから釣り糸を垂れて釣りをするのが最近の真也さんたちの楽しみだったそうだ。ところが、いくら呼んでも真也さんが出てこない。電話を掛けてみたが応答がなかった。仲間たちは心配になって一一〇番通報した。通報時刻は九時一九分。三崎《みさき》署の地域課員が臨場してなんとか鍵を解錠して室内に入ったところ真也さんがリビングに倒れていた。少し遅れて臨場した横須賀市消防局の救急隊員が心肺停止状態にあることを確認した。その後、機捜や三崎署の刑事課が駆けつけ、捜査一課《うち》と検視官も臨場した」

康長の言葉で春菜の胸に情景が浮かんできた。

それにしても火曜の朝からマリンレジャーとは優雅な人々がいるものだ。死んだ真也も発見者の友人たちもふつうの勤め人でないことはたしかだ。

「これが神保真也さんだ」

康長はスマホの液晶画面を見せた。

やや面長で陽に灼《や》けたスポーツマンらしい男の顔が写っている。

目はちいさめだが、鼻筋が通ったなかなかのイケメンである。

微笑んでいる表情は明るく育ちがよさそうに見えた。

スマホで撮った普通のスナップ写真のようだ。

「死因はなんですか」

春菜の問いに康長は眉間にしわを寄せた。

「左心室に針が刺さったことによる急性心不全だ。針はマルガイの体内に残されていた」

康長はスマホの画面を提示して見せた。

長さ一〇センチ以上もある銀色の針が映し出された。

根元あたりにワインの栓と思しき文字が書かれたコルクが刺さっている。

「なんの針ですか？」

「わからん。いま、三崎署の鑑識が調べている」

「ふつうにお裁縫に使うような針じゃないですね。相当に長いですし」

「そうだな、なんの針かは、じきに判明するだろう」

「ワインのコルク栓みたいのが刺さっていますね」

「部屋にあったワインの栓と考えられている。胸を突き刺すときに力を入れるためのものだろう。針の尻が指に刺さると痛くて力が入らないからな」

スマホをしまいながら康長は言った。

「なるほど……ところで、死亡推定時刻はわかっているんですか」

「検視官による死亡推定時刻は昨日の月曜日、午後八時の前後一時間くらいで、他者によって刺された可能性が高い。即死に近い状態だったという」

「殺人事件なのですか」

康長は気難しい顔を見せた。

「それが……別荘の鍵は内側からすべて施錠されていた」

「つまり密室だったってことですか」

「そうだ、現場に犯人が出入りすることは不可能だ。検視官の話では、自分で刺した可能性も完全には否定できないそうだ。現在、司法解剖中なので結論が出るかもしれん。いずれにしても、三崎署刑事課が殺人事件と自殺の両面で捜査を開始した。捜査一課《うち》もすでに殺人の方向性を視野に入れて捜査に入っている。殺人と断定されれば三崎署に捜査本部《チヨウバ》が立つはずだ」

「遺書などは残ってないんですね」

春菜の問いに康長はちょっと顔をしかめた。

「ああ、なにも残ってない。いまのところ、真也さんが自殺する原因となりそうな事実も見つかっていない。死体発見現場のリビングはとくに荒らされたようすはなかった」

「すると、殺人事件とすれば顔見知りの犯行の可能性が高いですね」

春菜の言葉に康長は大きくうなずいた。

「そうだ。真也さんの財布も発見されたが、五万円近くの現金とクレジットカードが入っていた。スマホも残っていた。別荘なので、おそらく金目の物は少ないだろう。物盗りの仕業とは考えにくい」

「動機は怨恨ですか……」

「殺人だとすればその可能性が高いな」

康長は眉間に縦じわを刻んで答えた。

「神保真也さんにご家族はいらっしゃるんですか？」

「真也さんは独身だった。両親はすでに死去しているとのことで、お兄さんが鎌倉市に住んでいる。三崎署ではその人に連絡を取っている。ちょっと聞いたところでは、ひどく驚きまた深く悲しんでいるそうだ」

ふたりきりの兄弟なら、兄の悲しみはいかばかりだろう。

遺体の引き取り手があることは警察としては助かる。

「それで……浅野さんはなぜわたしのところにお見えなのですか」

康長の顔を見ながら、春菜は肝心な質問を発した。

「さっきも言ったとおり、まだ自殺とは断定されていない。事件性がある可能性も低くはないと思う」

康長は春菜の問いに直接答えなかった。

「浅野さんの刑事としての勘ですね」

「まぁ、勘というほどではないが、スッキリしないんだよ」

もし殺人事件だとしても、専門捜査支援班の春菜が果たせる役割は少ない。

「わたしでお役に立てることがあるんですか」

春菜は問いを重ねた。

「実はな……真也さんは有名なテディベア・コレクターなんだ」

康長はとまどい気味に言った。

一瞬、春菜には康長の言葉の意味がわからなかった。

「なんのコレクターですって？」

「テディベアって知らないか」

康長は照れたような笑みを浮かべた。

「知ってます。クマのぬいぐるみですよね」

あまりにも意外な言葉に春菜の頭脳に混乱が生じていただけだった。

もちろんテディベアは知っている。

小さい頃からぬいぐるみは好きだったが、富山でそう簡単に入手できるものではなかったせいか、テディベアとは縁がなかった。

「そうだ、真也さんは横須賀市内に自宅があるんだが、捜査員が確認したところ家のなかにはおよそ一〇〇体にも及ぶテディベアが置いてあった」

「そうなんですか！」

春菜はかるい驚きの声を上げた。

詳しくは知らないが、テディベアはある程度高価なものが多かったように思う。

「俺は直接見ていないが、三ヶ月くらい前に全国紙の地方版にテディベア・コレクターとしての紹介記事が掲載されているそうだ。男のくせにぬいぐるみコレクターなんだよ」

この発言はいまどきは問題だ。

「浅野さん、それ偏見ですよ。ジェンダーバイアス的な面からも問題発言ですよ」

自分の額をぺちっと叩いて康長は言った。

「おうっと。男のくせに……は禁句だったな。とにかくマルガイの真也さんはテディベア・ヲタクなんだよ。テディベア・コレクター同士の交流もあったようだが、これを見てくれ」

康長はスマホを取り出した。

画面には「PB55……TCOA?」と記された手書きのメモが映し出された。

「これは真也さんが亡くなったときに穿《は》いていたデニムのショートパンツの尻ポケットに

入っていたメモだ。正確な筆跡は鑑定中だが、部屋にあったメモパッドに残されたほかのメモと同じだと思われる。いまのところ、真也さん自身の書き残したメモだと考えてよさそうだ」

「なんの意味なんでしょうか？」

「わからん、いまのところは」

「なにかの型番のようですね」

「ああ、ＰＢ55という型番はノートＰＣやメガネ、ボートなどにある。それよりも重要なことは古いテディベアにも同じ型番があるんだ。そこでヲタク協力員のなかにテディベアに詳しい者がいたら、ＰＢ55について聞いてみたいと思ってな」

康長がここへ来た理由がわかった。

「ＴＣＯＡはどうですか？」

「トラジェクトリー・アルファ・アクイジション・コープという合衆国企業の略称や東京都臨床整形外科医会の略称でもあるそうだ。だが、テディベアと関連のある言葉は見つかっていない。要するに皆目見当がついていない」

渋い顔つきで康長は言った。

「その写真を送ってもらえますか。ついでに神保真也さんの顔写真もお願いします」

「ああ、いま送る」

康長はスマホをタップしてすぐにメモ画像と真也の顔写真を送ってくれた。

「ありがとうございます。この番号の謎もそうですが、テディベアについてはわたしもよくわからないんです」

「俺はたぶんもっとなにも知らない。捜査本部《チョウバ》が立てば本格的に鑑取りが行われるだろうが、もし、怨恨犯だとすれば、テディベア・ヲタクたちのなかに犯人につながる情報を持っている者がいるかもしれない。とにかく、ヲタクたちのなかにテディベアに詳しい者がいるかどうか調べてくれ」

「登録捜査協力員のなかにテディベアに詳しい人がいればいいんですけどね」

「とにかく誰かいないか、確かめてくれ」

「わかりました。ちょっと待ってください」

春菜はかたわらに置いておいた分厚いファイルを手に取って開いた。

登録捜査協力員名簿は、一名につき一枚のカードとなっている。

さらに前任者によってインデックスがつけられていた。

《アイドル》《アニメ・マンガ》《海の動物》《温泉》《カメラ・写真》《ゲーム》《建築物》

《昆虫》《コンピュータ》《自動車》《植物》《鳥類》《鉄道》《特撮》《バイク》《哺乳類一般》《歴史》

ほかにもまだまだたくさんのジャンルがあった。

そのなかに《玩具》というインデックスが見つかった。

ページをめくって一枚一枚確認していると、備考欄にプラモデル、ドール、パズルなどと記してある。

《玩具》に含まれる《ゲーム》は別に項目を立ててあるのにも拘わらず、意外なことにかなりのページ数がある。

結局、《玩具》ジャンルのなかから備考欄にテディベアの記述がある協力員が三人見つかった。

河野《こうの》道雄《みちお》（64）会社役員
仁木《にき》義安《よしやす》（33）会社員

三村《みむら》千尋《ちひろ》(44)主婦

登録者が三人もいることに春菜は驚いた。報酬が雀の涙である登録捜査協力員に応募してくる人は決して多くはない。ほかのジャンルに比べて年齢層は高めだ。とくに河野は還暦を過ぎている。還暦過ぎの協力員は少なかろう。

「なんと、三人も見つかりました。連絡を取ってみます」

「おお、そうか。よかった。連絡頼むよ」

「了解です」

明るい声でうなずいて、春菜はスマホを取り出した。

次々に電話をすると、全員と連絡が取れた。

今日は無理だが、明日以降なら会えるという返事をもらって、春菜は面談の日時を約束した。

「全員OKです。明日以降になりますね」

春菜の言葉に康長はうなずいて口を開いた。

「じゃあ、今日はこれから三浦市の現場につきあってもらえないか」

「もちろんです。わたしでお役に立てるかわかりませんが」

「いや、細川はもう三つの事件を解決したんだ。現場を見てもらえればなにかわかることがあるかもしれない」

「わたしが解決したってわけじゃありませんけど……」

「謙遜《けんそん》するな。赤松は文句なさそうだから、すぐに出よう。クルマは手配できている」

康長はさっと立ち上がった。

ペットボトルをゴミ箱に捨てて部屋から出てゆく康長のあとを春菜はあわてて追った。

春菜のお茶はまだ半分近く残っていたので自分のペットボトルは持って出た。

赤松班長の机の前で、春菜が報告すべきことを康長が口にしている。

「明日から三名のヲタク協力員と面談することになった」

「了解です。でも、どんなジャンルなんですか」

赤松は興味深げに訊いた。

「それが、マルガイはテディベア・コレクターなんだ」

康長はさらりと答えた。

「なんですと！」

素っ頓狂な声を上げたのは赤松班長ではなかった。

椅子から大きく身を乗り出して叫んだのは尼子だった。

「どうした？　尼子。そんな声を出して」

不思議そうに康長が訊いた。

「これは失礼……わたしもテディベアについては多少の関心がありまして」

すました顔で尼子は答えた。

「どういうことだ？」

康長は尼子の顔をじっと見て訊いた。

「実はわたし、テディベアを蒐集《しゅうしゅう》しておりまして。ある程度の基礎的な知識は有しているつもりなんですがね」

気取った調子で尼子は答えた。

「えー！　尼子さんが！」

春菜は驚きの声を上げた。

まさか尼子がテディベア・コレクターだとは思いもしなかった。

「あくまでも初心者ですがね」

いささか照れたように尼子は答えた。

この気難しい男が愛らしいベアに囲まれているところは、あまりにも似つかわしくない。

「そうだったか。じゃあ、尼子からも話を聞くか」

明るい声で康長は言った。

「わたしでお役に立てることでしたらなんなりとおっしゃってください」

胸を張って尼子は答えた。

「帰ったら聞くよ。これから俺は細川とふたりで三浦市の現場と、横須賀市にあるマルガイの自宅に行くんだ。自宅は現場からこっちへ戻る途中だからな」

「ほほう……被害者の自宅というと多数のテディベアも置いてあるのでしょうな」

康長の目を覗《のぞ》き込むようにして尼子は訊いた。

「もちろんそうだろう。自宅には一〇〇体にも及ぶテディベアがあるって言うんだからね」

「一〇〇体というとそれほど多くはありませんが、なかには貴重なベアもあるのでしょうなぁ」

尼子は目を輝かした。

「たぶん、そうだろうな。有名なコレクターらしいからな」

素っ気ない調子で康長は答えた。

「ベアについてのお話はクルマのなかでもできるんじゃありませんかねぇ」

尼子は身を乗り出した。

「俺たちと一緒に来るって言うのか」

うなずくと、尼子は赤松班長に顔を向けた。

「いま急ぎの用件は入っておりません。浅野主任のお供をしても差し支えないでしょうか」

至って恭敬な態度で尼子は頼んだ。

「浅野さんのお役に立てるようにしっかりと調査するんだぞ」

赤松班長は威厳を保つようにちょっとつよい声を出した。

「セ・ドゥ・ラ・シャンス！」

天井に顔を向けて尼子は奇妙な声で叫んだ。

最初に会ったときにフランス語で『ツイてる』という意味だと聞いた。尼子は興奮するとこの言葉を口にするようだ。

「了解です。不肖尼子隆久、浅野主任のお供を誠心誠意つとめさせて頂きます」

赤松班長に向かって、尼子はしゃちほこばって答えた。

「じゃあ、赤松、細川と尼子を借りる。定時には帰れないと思うがいいな？」

「ええ、深夜まででもこき使ってやってください」

赤松班長はもみ手をしながらＯＫを出した。

「まさか、そんなことはないよ。細川、尼子、行くぞ」

声を掛けて康長はエレベーターホールへ向かって歩き始めた。

春菜と尼子はあわててあとに続いた。

2

康長の運転する覆面パトは三浦半島へ向かうために阪東橋《ばんどうばし》出入口から首都高狩場《かりば》線へと入った。春菜と尼子はリアシートに座っていた。

「尼子、俺はテディベアってもの自体がよくわからないんだ。簡単に説明してくれないか」

ステアリングを握りながら康長は背中で言った。

そう言われてみれば、春菜もよくわかっていなかった。

クマのぬいぐるみであることはたしかなのだが……。

「おまかせください。まずはテディベアの名称の由来からお話ししましょう」

身を乗り出して尼子は嬉々とした調子で言った。

「あのな、簡単でいいんだ。ごくごく簡単に頼む」

尼子からヲタクのオーラを感じ取ったのか、康長は登録捜査協力員たちに向けるような言葉を口にした。

「はぁ……では、ごくかいつまんで」

ちょっと不愉快そうな表情で尼子は答えた。

「そうしてくれ」

「テディベアのテディの名前は、実はアメリカ合衆国第二六代大統領セオドア・ルーズベルトに由来するのですな」

気取った調子で尼子は口火を切った。

「セオドア・ルーズベルトっていうと……ニュー・ディール政策を推進した大統領だったな……」

覚束なげな声で康長は言った。

「それは遠縁の従兄にあたる第三二代大統領のフランクリン・ルーズベルトのほうです。彼は古典的な自由主義的経済政策を捨てて、合衆国政府が積極的に市場経済に介入する国家資本主義的政策であるニュー・ディール政策へと転換したことで歴史的に有名です」

「そうだったっけか、別人か」

気まずそうに康長は答えた。

「はい、別人です。二人の大統領の政策はさまざまな点で大きく異なっています。まぁ、モルガン財閥の巨大資本の統制などを実施したセオドア・ルーズベルトのスクエア・ディール政策がフランクリン・ルーズベルトのニュー・ディール政策へと連なっていくわけですが……」

康長は小さく舌打ちすると、尼子の饒舌《じようぜつ》を押しとどめた。

「大統領の話はいいや。とにかくテディベアについて教えてくれ」

口を尖らせた尼子は気を取り直したように口を開いた。

「テディは実はセオドア・ルーズベルトの愛称なんです」

「そうなのか」

驚きの声で康長は答えた。

春菜も驚いた。あのベアたちの名前は、合衆国大統領から来ているのか。

「はい、一九〇二年、つまり明治三五年のことです。セオドア・ルーズベルト大統領は趣味の熊狩りに出かけたのですが、一匹として獲物を仕留めることができませんでした。同行していたハンターが一匹の子グマを追い詰めて、大統領に最後の一発で仕留めるように勧めました。ところが、大統領は『手負いの動物を追い詰めるのはスポーツマンシップに反する』という趣旨の発言をして銃を向けませんでした。このエピソードは《ワシントン・ポスト》紙に掲載されました。その際に挿絵を描いたのは、後にピューリッツァー賞を受賞した漫画家クリフォード・K・ベリーマンでした。この挿絵に描かれたクマは『ベリーマンベア』と呼ばれて大変に話題となりました。挿絵に触発されてロシア移民のモリス・ミットムが翌年

《アイディアル社》を設立してクマのぬいぐるみを製造しました。同社はセオドア・ルーズベルトの許可を取って、彼の愛称であるテディと名づけて販売したのです。このベアは合衆国じゅうで大ヒットしました。これがテディベアの名称の由来とされています」

尼子は立て板に水の調子で説明した。

「つまり、テディベアはアメリカ生まれというわけなんですね」

春菜の言葉に、尼子は気難しげに首を横に振った。

「そう言い切れれば、話は簡単なんだけどねぇ」

「違うんですか」

「実はこのエピソードとまったく無関係な話があってね。少し遅れてドイツの《フェルト・トイ・カンパニー》がクマのぬいぐるみを製造し、合衆国にも大量に輸出したんだ。このドイツ製のクマたちも大ヒットし、《アイディアル社》のテディベアとごっちゃになってしまったという説もある。この会社を興したのは、マルガレーテ・シュタイフという女性でね。一歳半のときに罹患した脊髄性小児まひのために手足に障碍《しょうがい》を持っていたんだ。車椅子が必需品で右手も不自由だったけど、苦労を重ね障碍を乗り越えて腕っこきの服職人となったんだよ。やがて、彼女はぬいぐるみ製造事業に乗り出してクマのぬいぐるみで大成功した。マルガレーテの会社は《マルガレーテ・シュタイフ社》の社名となって現在もテディベアを製造し続けているんだよ。合衆国の《アイディアル社》はとっくに存在していないし、むしろ、代表的なテディベアはシュタイフ社のものなんだ」

尼子は言葉に力を込めた。

「じゃあ、アメリカとドイツの両方で生まれたベアなのですね」

春菜の言葉に尼子は大きくうなずいた。

「そう。いずれにしてもテディベアは独占的な商標ではない。これはしっかりと覚えておいてほしいんですよ。それゆえ、厳密に言えば、テディベアと称しているクマのぬいぐるみはぜんぶテディベアということになるわけだね」

おもしろそうに尼子は言った。

「え？　テディベアと名乗ったら、テディベアというわけか？」

康長が訊くと、尼子はゆっくりとあごを引いた。

「しかしながら、現在はテディベアといえばシュタイフ社が本家本元と考えられています。ドイツの《テディ・ヘルマン社》やイギリスの《メリーソート社》など、いくつかの会社のテディベアも有名ですが、やはりシュタイフは、ほかのベアとは一線を画した価値があると言ってよいでしょう」

したり顔で尼子は言った。

「わかったような、わからないような話だが、要するにテディベアはセオドア・ルーズベルトから名前がついた。だけど、メインはアメリカよりドイツってことなんだな。それにしても、一九〇三年から一世紀以上も世界の女性たちに愛されてきたというのは不思議だな」

「いやいやいやいや」

奇妙な声で尼子は顔の前で手を横に振った。

「女性だけに愛されてきたわけではありませんよ。欧米では古くから男女を問わず幼子にテディベアを与える家庭は少なくありません」

「そうなのか」

康長は疑わしげな声を出した。

「さようです。我が国では女性に人気の高いテディベアですが、欧米ではベアファンの半数は男性なのです」

表情を変えずに尼子は言った。

「びっくりです」

男性のファンがそんなに多いとは春菜は思いもしなかった。

「男の子でも初めてのお友だちがテディベアというケースはたくさんあったんですよ。なかでも有名なのはロバート・ヘンダーソン英国陸軍大佐のエピソードですなぁ」

尼子は嬉々とした声を出した。

「イギリスの軍人なのか」

康長はうなった。

「はい、ロバートつまりボブ・ヘンダーソンは一九〇四年生まれのスコットランド人です。彼は幼いときに兄のチャールズから一体のシュタイフ社製のテディベアを譲り受けました。ボブはこのテディを愛し続け、どこへ行くにも持ち歩いたそうです。やがて陸軍に入隊した彼は、兵役中もいつもポケットに小さなベアを入れていたということです。さらにかの有名な史上最大の作戦、連合軍のノルマンディー上陸作戦にも小さい頃から愛していたテディベアを持参したのです」

「あの激戦場に……本当の話かよ」

目を見開いて康長は言葉を失った。

第二次世界大戦のときの話だろうが、春菜は詳しくは知らなかった。

「もちろんですとも。これはね、テディベア・コレクターの間ではよく知られたエピソードなんですよ。陸軍を退役した大佐は六〇〇体ものベアを蒐集する著名なコレクターとなったのです。やがてコレクターたちの間で始まった『こころの支えを必要としている人々にテディベアを贈る運動』に共鳴したんですね。その英国支部を設立し『グッド・ベアデー』制定の推進に尽力しました。一九七三年には、ホノルル放送局のオーナーであるジェームズ・オウンビーとともにセオドア・ルーズベルトの誕生日である一〇月二七日の『グッド・ベアデー』制定に成功しました。また、恵まれない人々にテディベアを贈る運動にも邁進《まいしん》したのです。大佐のテディベアに対する情熱は世界中の多くの人々に癒やしと優しさを与えたのでした」

いくらか声を震わせて尼子は言葉を結んだ。

「なるほど、軍人も含めて男性にも愛されるのがテディベアなんだな」

納得したように康長は言った。

「はい、古今東西、テディベアを愛することに男女の別はありません。これは一世紀の歴史に裏付けられた事実なのです」

尼子は背を伸ばして声を張った。

「わかった……。マルガイの神保真也さんがテディベア・コレクターであっても別に不思議なことではないんだな。ところで尼子、ＰＢ55って知ってるか？」

康長が神保真也が残した謎の言葉を口にすると、尼子はなんでもないことという表情でうなずいた。

「ベア・コレクターなら誰でも知ってますよ。一九〇二年に《フェルト・トイ・カンパニー》つまり後の《マルガレーテ・シュタイフ社》によって製作された世界最古のテディベアです。55ＰＢとも呼ばれます。ですが、発売直前からすべてが行方不明になってしまったそうです。それで、幻のベアと呼ばれています」

表情も変えずに尼子はさらっと説明した。

ひとつの謎があっさり解けた。

「なるほどなぁ。ＰＢ55は、幻のテディベアというわけか」

康長は感心したように言った。

そんな幻のベアの型番を最後に残すとは……。

もしかすると、今回の事案のなかでテディベアは大きな意味を持っているのかもしれない。

「ＰＢ55がどうかしたんですか？」

尼子はもどかしげに訊いた。

「これ見てください。被害者の神保真也さんが最後に残したメモです」

春菜はスマホを尼子に見せた。

画面に「ＰＢ55……ＴＣＯＡ？」の文字が映し出された。

「手書きですね。たしかにＰＢ55と書いてありますが、これだけでは意味がわかりませんね。

また、ＴＣＯＡはなにかの団体の略称だったように思いますが……テディベアと関わりがある言葉としてはわかりませんね」

尼子は眉間にしわを寄せた。

「たとえば東京都臨床整形外科医会の略称でもあるようだ。だが、テディベアとの関連もマルガイの神保真也さんとの関わりもわからない。それで、細川にヲタク協力員に連絡を取ってもらったんだ」

康長は背中で答えた。

「テディベアに詳しい三人の登録捜査協力員の方が、会ってくださることになっているんです」

スマホをしまいながら春菜は言い添えた。

「よく三人も見つかったね。わたしはベア・コレクターといっても三五体しか持っていないし、それほど詳しい知識もない。テディベア・ヲタクにはほど遠いですからな」

尼子は小さく笑った。

「そうでもないぜ。じゅうぶん詳しいぞ。尼子はテディベア・ヲタクに分類しても、どこからも苦情は出ないはずだ」

笑い混じりに康長は言った。

「冗談じゃありませんよ。趣味を持っているだけでヲタクと言うのはおかしいですよ。生活の中心あるいは生きる意義くらいに趣味にのめり込むのがヲタクという存在です」

尼子は顔をしかめた。

「まぁ、どちらかと言うと専門捜査支援班の連中は、細川を除いて全員が教養ヲタクだけどな」

康長は声を立てて笑った。

「妙なこと言わないでください。ほかの三人は知りませんがね。わたしは教養ヲタクなんぞじゃありませんよ」

尼子は声を尖らせた。

「だけど、尼子さんは教養をかなり大事に考えていますよね」

春菜の突っ込みに尼子はたじろぎの表情を見せた。

「そりゃあ教養は人間が生きる上でなにより大切なものだと思っていますがね」

まじめな顔で尼子は答えた。

「教養を深めるのは人生の中心にあると思っているんじゃないんですか」

「あたりまえでしょう。教養がなければ人間は犬猫と一緒じゃないですか」

ずいぶんと極端な考え方だ。

「いつも思ってるでしょ。教養のないわたしみたいな人間になりたくないって……」

春菜は笑みを浮かべて訊いた。

「ま、まぁ……否定はできないけどね」

ちょっと焦ったように舌をもつれさせたが、それでも尼子は否定しなかった。

「じゃあ、やっぱり尼子さんは教養ヲタクなんじゃないんですか」

「ふんっ、なんとでも呼んでくれ」

尼子はそっぽを向いて口をつぐんだ。

3

覆面パトは横浜横須賀道路を経由して、県道で横須賀市から三浦市の住宅地を走り続けた。

数キロ走ると、県道は長い下り坂へと入った。

しばらく走ると、住宅地が切れて右手に係留してあるたくさんのヨットが見えてきた。

「油壺《あぶらつぼ》のヨットハーバーだよ」

康長の声が響いた。

「油壺って有名ですよね」

三浦半島には疎い春菜でも油壺の地名は知っていた。

「戦国時代にこの地にあった新井城に籠もった三浦氏を北条早雲が囲んで籠城戦となった。最後は全将兵が討ち死にしてほかの者は油壺湾に身を投げたという。入江の水面が血潮で油壺のように真っ黒に染まったことからこの名がついたとされているんですな」

尼子が淡々とした口調で説明した。

「そんな怖い話だったんですか」

いま目の前にひろがる景色は初夏の明るい漁港で、むろんそんな蔭は少しも感じさせない。

「かつては京急油壺マリンパークという水族館もあったし、古くから観光地や別荘地として人気のある場所なんですけどね」

右の車窓へ目を移して尼子は言った。

低い山を背にして望める海面は狭い。油壺湾は深く切れ込んでいるようだ。

坂道をさらに進むと、覆面パトは海と同じ高さまで下りた。

道路のすぐ近くまで海が迫り、何十艘《そう》というヨットの白い艇尾が右手の車窓に見えた。

「こっちは諸磯のヨットハーバーだ。神保真也さんのクルーザーが係留されているはずだ」

康長はさっきから迷いもなく道を進んでいる。

「現場に行ったことあるんですか」

春菜は不思議に思って尋ねた。

「いや、だが、俺はずっとむかしは横須賀署の刑事課にいたんだ。このあたりも何度か来たことがあってな」

康長の言葉に春菜は納得した。近隣署の管轄区域はなにかと詳しくなることも少なくない。

ヨットハーバーを越えてすぐに覆面パトは右へ曲がり、細い道を上り始めた。

あたりは住宅の間に畑地の見えるのどかな景色に変わった。

さらに進むと道は一段と細くなって坂の向こうに漁港が見えた。

「諸磯港ですね」

春菜はスマホのマップで位置を確認しながら言った。

「うん、あと少しだ」

諸磯港への分岐を過ぎると、ぐんと道が細くなった。

道の両側から伸びている雑草が覆面パトの窓に当たって後ろへと流されていく。

右手の車窓には諸磯港を護《まも》る消波ブロックの向こうに対岸の油壺の岬が見える。さらに相模湾《さがみ》の大海原がひろがっている。

「この奥には映画やテレビの撮影などに貸し出すための建物があるらしい。道はここで終わりだ」

ほとんど停まりそうに覆面パトの速度を落として康長は言った。

道の左側にクルマを数台停められるスペースがあった。軽トラックが一台ぽつんと停まっている。

両脇には人家がなくなって道路の数メートル先にはいくつかのパイロンが並べられてふさがれていた。

「着いたぞ。この先の崖上に建っている別荘だ」

康長は覆面パトを軽トラックとは反対側に乗り入れて停めた。

警察やマスコミの車両らしきものは見あたらなかった。

誰もがすでに引き上げた後らしい。

春菜たちはクルマから次々に降りた。

あたりには波の音が響き渡って潮の香りが漂っている。

「現場はこの右手だ。ほらそこから入れる」

康長が指さす先には、生い茂った草に囲まれて白いアルミの小さな門があった。

春菜たちは開いている門を入って、コンクリートの幅の狭い石段を下り始めた。

「きれいっ」

感嘆の声を春菜は上げた。

とつぜんベビーブルーに光る明るい海が春菜の視界に飛び込んできた。

このあたりの海はそれほど深くないらしい。透明度の高い水の下に黒い岩礁がよく見える。

階段は途中で左に曲がっていて、三〇段ほど下るとフラットなライトグレーのスレート屋根が見えてきた。

視界が開け、海まで数メートルの高さの崖上に芝生の庭がひろがっている。

立哨《りつしょう》する警察官の姿も見えず、規制線テープも撤去されていた。

すでに鑑識らによって現場の保存と検証などは終わっているはずだ。

「芝生の庭からは明確なゲソ痕は発見できていない」

康長は庭をざっと見渡して言った。

背後に照葉樹の林を背負った平屋の木造別荘がコンクリートの土台の上に建てられていた。

白い羽目板壁を持ち、窓枠や玄関ドアはフレンチブルーに塗られていて瀟洒《しょうしゃ》な建物だった。

真新しいその別荘にはリゾートっぽい雰囲気が漂っていて開放的で明るい。

サーファーズハウスというのはこういう感じの建物なのだろうか。

右手にはクルマ一台が入るくらいの大きさの倉庫らしき独立した建物があった。

外観は白い羽目板で揃えてあって、二間幅くらいの観音開きの扉も玄関扉や窓枠と同じフレンチブルーに塗ってあった。塗装もきれいでせいぜい築五年くらいだろう。

「広いテラスが素敵ですよね」

別荘には大きくとられた四連の掃き出し窓と腰高窓があって、その前には白い木柵で囲まれた三畳くらいのウッドデッキのテラスが設けられている。

茶色い束柱《つかばしら》が九〇センチくらいの間隔でウッドデッキを支えていた。ウッドデッキの右端からは五段の木の階段が芝生へ下りている。

「屋根が張り出して庇《ひさし》となっているのでカバードポーチの一種だな」

尼子がテラスに視線をやって教えてくれた。

「今日みたいに天気のよい日にこのテラスでビールでも飲んだら気持ちがいいでしょうね」

春菜はつい口をすべらした。

「あのね、人が死んだ現場じゃないですか」

尼子はあきれ声を出した。

「不謹慎でした」

春菜はちょっと肩をすぼめた。

テラスの近くには水道栓もあって白いホースがとぐろを巻いている。

おまけにシャワーまで設けてあった。

海から帰ってきたときに、ＳＵＰなどのレジャー用具や身体を洗うためなのだろう。

玄関は建物の左端に設けられていた。

「さぁ、なかに入ってみよう」

康長の言葉に春菜たちは木の階段を上った。

鑑識によって指紋採取は終わっているはずだが、いちおう全員が白手袋を嵌《は》めている。

ポケットから鍵を取り出して、康長は玄関の外開きドアを開いた。

「死体が発見された時点ではこの玄関ドアは施錠されており、内側のドアガードも閉まっていた。また、ドアから神保真也さん以外の指紋は発見されていない」

康長が靴を脱いで廊下へと上がったので、春菜と尼子もあとに続いた。

室内に入ると、建材の匂いが春菜の嗅覚を捉えた。

外見通りの新しい建物のようだ。

建物は横長で奥行きは七メートル程度だろうか。

玄関からは左側が窓になっている廊下が奥へと続いていた。

突き当たりは腰高の引き違い窓になっている。

北側のためか、この窓には格子が入っていた。

「右手すぐが現場のリビングでキッチンが付属している。東隣は寝室だ。あとはサニタリーがリビングの北側にあるだけのシンプルな構造の建物だ」

捜査資料を読み込んでいるのか、康長はなにも見ずに間取りを説明した。

なるほど、廊下右手の壁にはリビングに通ずる一枚のドアが設けられていた。

康長は梨地ガラスが全面に入っているドアを開けて先にリビングに入っていった。

南側の四連の掃き出し窓にはブルーのカーテンが掛かっている。

「まずはカーテンを開けよう」

康長と一緒に春菜はカーテンを開けた。

輝く陽光がさっと降り注いだ。

窓の向こうにはテラス越しに水平線が見える。

「この部屋にはテラス側のこの四枚の引き違い窓しか出入りできる場所はない。窓はすべて内側から施錠されていた。こじ開けられたような不自然な跡も見つかっていない。また、北側のサニタリーの窓はルーバー型なので人の出入りは不可能だ」

康長の言葉に釣られて、春菜が奥に目をやると、キッチンユニットの右側にサニタリーへ続く扉が見えた。

リビングは一八畳から二〇畳くらいでクリア塗装の縦貼り板の壁に囲まれていた。床は壁と同じような材質のフローリングだった。

「アメリカ西海岸風のインテリアですな」

尼子があたりを見まわしながら言った。

この部屋はおもにクリア塗装の木材と、濃いめのブルーのファブリックで構成されている。インテリア的な統一感があった。

死体はもちろん鑑識標識も片づけられていて、人が死んでいた現場というような暗さは少しも感じられない。

ノートＰＣなどの備品類は鑑識によって持ち出されているのか、部屋のなかはガランとしていた。

室内には手前に六人掛けの白木のダイニングセット。奥には白い天板のカフェテーブルを挟んで三人掛けのブルーのファブリック・ソファが設《しつら》えられていた。

ともにテラスとは平行に置かれている。

ソファの奥の壁際には木製キャビネットがあって、大型のテレビと白い固定電話機が置いてあった。

「真也さんはあのソファからずり落ちるような感じで死んでいた。頭を窓側に向けて足をカフェテーブルの下に潜り込ませるようにして仰向けに倒れていた。テレビは消えていてテーブルの上にはなにもなかった」

康長の説明で発見されたときの死体の状況が春菜の頭にも浮かんできた。

真也が倒れていたという場所まで進んだが、春菜にはこれといった発見はできなかった。

「この奥が寝室だ」

康長はソファの左側にある扉を開けた。

リビングと統一感のあるインテリアの六畳ほどの部屋だった。

「この部屋の窓も内側から施錠されていた」

カーテンを開けて康長は言った。

テラス側に腰高の引き違い窓があるだけで奥は壁だった。その壁にヘッドボードをくっつけるようにしてセミダブルベッドが置かれていた。左手には腰高の書架が置かれていて雑誌類が並んでいた。

窓の反対側は壁一面がクローゼットになっていた。

春菜は開けてみたが、カジュアルなシャツやパンツが下がっているだけでとくに不審な点があるはずもなかった。シャツは派手な柄のものが多かった。

「なるほど、この家に出入りできるのは玄関のほかはリビングの四連窓とこの腰高窓だけ。しかもすべて施錠がされていたというわけですね」

尼子は室内を見まわしてしばし考えていた。

「そうだ。廊下の奥の窓は格子がはまっていて人の出入りはできない。つまりはこの別荘は密室だったということになる」

康長はきっぱりとした声で答えた。

「サニタリーも見てみたいですなぁ」

とぼけたような声で尼子は言った。

春菜たちはリビングに戻ってキッチンの奥のサニタリーへと入っていった。

洗面スペースとトイレが同じ部屋になっており、左手にはユニットバスがあった。

洗面台の横には洗濯機が置いてあったが、ほかにはとくに目立つものはなかった。

「なるほど、ここからの人の出入りは無理なようですな」

ルーバーを開閉するハンドルを回しながら尼子が言った。

康長の言葉のとおり、この部屋の窓はルーバータイプで人が出入りすることは不可能だった。

小さなバスタブのあるシャワールームも同じタイプの窓しかなかった。

「キッチンも見てみますか」

尼子はのんびりとした口調で言ってサニタリーを出た。

春菜たちもあとに続き、三人はリビング北側のキッチンスペースに入った。

白い樹脂天板を持つシンク一体型のキッチンユニットはきちんと片づいている。

「鑑識が持っていったが、このキッチンユニットには半分ほど中身の残った赤ワインのボトルと、わずかにワインの残ったグラスがひとつ残されていた。両方とも真也さんの指紋だけが検出されている。真也さんの生命を奪った針に刺さっていたコルク栓はこのワインの銘柄と一致している。つまみなどは残されていなかった」

康長はキッチンユニットへ視線を置いて説明した。

シンク下の引き出しを開けると、包丁や鍋、フライパンなどの調理器具が整然と並んでいた。

ＩＨクッキングヒーター下の引き出しにはオリーブオイルや各種の調味料が収められていた。

背後の棚にはかなりの数の食器が並べられていた。

隣に置かれた冷蔵庫を開けてみると食材は入っておらず、バターや醬油、味噌などが見えた。

「真也さんはときどきは料理をしていたんですね」

春菜の問いに康長はうなずいた。

「通報者のＳＵＰ仲間たちの話によると、真也さんは釣った魚を料理して友人たちに振る舞うこともあったようだ」

「やっぱりそうなんですね。調味料がひと通りそろっていますので」

尼子は春菜たちの話は聞いていないらしく、床の一点を凝視している。

「どうかしたのか」

康長は不審そうに訊いた。

「ちょっと気になりましてねぇ」

床の一箇所を指さして尼子は言った。

そこには六〇センチ四方くらいの床下収納庫の扉があった。

はっとしたように康長は収納庫に歩み寄った。

春菜も康長に続いた。

「開けてみますよ」

言うが早いか、尼子は収納庫の扉を開いた。

内部にはクリーム色の樹脂製の本体が見えた。中には食用油やワインなどの酒類のビンと、アンチョビやオイルサーディン、コンビーフなどの缶詰がずらりと入っていた。

「この収納庫のことは捜査資料に載っていますかねぇ」

尼子は振り返って訊いた。

「鑑識は床下収納庫も確認しているぞ。異常なしと記載されている」

康長はすんなりと答えた。

「ほほう、そうだとすると、チャンスはあるんじゃないんでしょうかねぇ」

おもしろそうに尼子は言った。

「どういうことだ？」

康長は眉をひそめて訊いた。

「ちょっと見ててください」

尼子は収納庫の本体に両手を掛けて力を入れた。

だが、とくに変化は見られなかった。

「ふむふむ、やはり少しも動きませんなぁ。これはおかしいじゃありませんか」

尼子は収納庫から手を離しておもしろそうに言った。

「なにがおかしいんだ」

康長の問いには答えず、尼子はふたたび両手を収納庫の本体に掛けて動かそうとした。

今度は容赦なく力を込めている。

ガタッとなにかが崩れるような音がした。

尼子はさらに両腕に力を入れた。

床下から樹脂製の本体になにかぶつかるような低い衝撃音が響いた。

「なにかがぶつかってますよ」

春菜の言葉に尼子は振り返り、唇をゆがめて笑いながら立ち上がった。

「まず間違いない。これは殺人事件だね」

尼子はパチンと指を鳴らした。

「おい、ひとりで納得するなよ。わけがわからんぞ」

康長はいくぶん尖った声で言った。

春菜も尼子の考えを早く聞きたかった。

「この部分を見てください」

尼子は収納庫本体の端を指さした。

クリーム色の樹脂に長さ一センチほどの小さな穴が左右に開けられていた。

「なにかのスリットでしょうか」

春菜の言葉に尼子は大きくうなずいた。

「そう、本来はこの部分には金具がつけられているんだよ。左右両側にね」

尼子は歌うような口調で言った。

「なんの金具なんだよ」

いらだった調子で康長は訊いた。

「そのスリットには下枠連結金具ってのが嵌め込まれているはずなんです。ところが見あたらない。外してあるわけです。工具を使わず簡単に手で外せるものですからね。この金具があるからには、本体はスライドするはずです。だが、ちょっと力を入れても本体はスライドしなかった。なぜでしょうねぇ」

ニヤニヤと笑いながら尼子は訊いた。

「床下でなにかとぶつかっている音がしました。収納庫本体の動きを止めてあったんですよね。固いもののように思います」

春菜の言葉に尼子は嬉しそうにうなずいた。

「正解。おそらくはふつうの発泡コンクリートブロックだろうね。わたしが何度か力を入れたので崩れたようだが、本体は引っかかったままなので動きはしないわけだよ」

尼子はさらっとした口調で言った。

「なんで床下にブロックなんかがあるんだ？」

「もちろん犯人の工作ですよ。この庭にはマリンスポーツの道具を陽に干すためなのか、ブロックもいくつか置いてありましたよ」

そう言われてみれば春菜もいくつかのブロックは見ていたが、こんな用途に使われたとは驚くほかない。

「そうだったのか」

あごに手をやって康長はうなっている。

「鑑識さんはスライドさせようと動かしてみたはずです。だけど、床下で動きを止めてある工作までは気づかなかったんでしょう。なにしろ彼らは調べる場所が多いですからね」

尼子はのどの奥でちいさく笑った。

「つまり床下には人が下りられるんだな」

期待に満ちた声で康長は訊いた。

「もちろんです。この建物は地面から七〇センチくらいのコンクリート土台の上に建っています。床下の空間は水道やガスの配管などが通っています。これらの故障時や床そのものの破損対応のために修理業者等が床下に潜り込む必要があるわけなんですよ」

なんの気もない調子で尼子は答えた。

「つまり、この別荘は……」

春菜の声は震えた。

「密室じゃなかった可能性があるってことだよねぇ」

尼子の表情は自信に満ちていた。

「犯人はここから逃げたってわけなんですね」

畳みかけるように春菜は訊いた。

「まだ、断言はできないけどね。その可能性は七〇パーセント、いや、八〇パーセントだと思う」

持って回った言い方で尼子は答えた。

「とにかく床下を見てみよう」

息せき切って康長は言った。

「ここから下りるより、まずは出口を探してみましょう」

「では、どうする？」

康長は尼子の顔を覗き込むようにして訊いた。

「土台のどこかに人通口《じんつうこう》と呼ばれる点検口の出入口があれば床下に入れます。また、人通口があれば、犯人が床下を逃げた可能性は九〇パーセントに上がるでしょう」

尼子は自信たっぷりに言った。

「とにかく人通口を探そう」

康長は勢いよく言った。

三人は玄関から外へ出て建物の周辺をぐるりと見てまわった。

土台周辺には雑草も生えていたが、開口部を見落とすほどのものではなかった。

だが、人通口を見つけることはできなかった。

「うーん、あると思ったんだけどなぁ」

尼子が腕組みをして低くうなった。

「土台に人通口を作らないケースもあるのか?」

「もちろんです。むしろ作らないほうが多いでしょう。室内点検口から出入りすればいいわけですから」

「でも、まだ探すところが残っていますよ」

春菜はテラスのウッドデッキを指さした。

「そうだ、ここにあるかもしれない」

康長の言葉が途切れないうちに、尼子はフラッシュライトを点《つ》けて身体をかがめた。

尼子は木の階段のすぐ横あたりからウッドデッキの下に潜り込んだ。

「セ・ドゥ・ラ・シャンス!」

すぐに顔を出した尼子は、指を鳴らして得意げに笑った。

「なんだって?」

「ありましたよ」

「あったか!」

康長はポンと手を打った。

「このウッドデッキは見ての通り木組みの土台で支えられています。コンクリート土台の上に載っていません。二メートルほど奥にコンクリート土台の端があってそこに人通口が開いています。幅六〇センチほどで動物よけなどのために木製のフタでふさいでありますす」

尼子の声は弾んでいた。

「二メートルくらい奥だな」

康長もフラッシュライトを点灯して床下に潜り込んだ。

春菜も康長に倣《なら》った。

ふたりのライトが当てられているところの土台に木のフタが見えた。

「尼子の言うとおりだ」

フタを外して人通口の奥へライトを向けた康長は感嘆の声を上げた。

積んであるブロックが一部崩れて、クリーム色の収納庫本体の下部が見えている。

「すごい！　尼子さん！」

春菜は思わず叫び声を上げた。

「すぐに鑑識に床下を調べさせよう」

康長は気負い込んだ。

だが、尼子はすぐに答えずに人通口の内部にライトを当てて詳細に観察している。

「ええ、でも……」

しばらくして尼子は言葉を濁らせた。

「他殺であること。犯人が床下を通って逃走したことは確実じゃないか。すぐに捜査本部《チヨウバ》を立ち上げるべきだ」

力づよい言葉で康長は言った。

「そうなんです。これは間違いなく殺人事件です。でも、床下からたいした痕跡は見つからないでしょう」

尼子の声は冴えなかった。

「なぜだ？」

「犯人は痕跡を洗い流しているんですよ」

尼子はブロックの前あたりの地面を指さした。

「あ、本当だ」

床下の砂っぽい地面にはたしかに水の流れた痕跡が認められた。

春菜も失望を禁じ得なかった。

「おそらく外にあるホースで水を撒《ま》いたんだよ。ゲソ痕はもちろん、微物鑑定のサンプルもほとんど採れないだろうね」

淡々と尼子は言った。

「くそっ、なんて念の入った犯人だ」

康長は歯がみした。

春菜たちはぞろぞろとウッドデッキから這い出てきた。

「犯人は足跡を消したことで逆に殺人の痕跡を残した。皮肉なもんだな」

「おっしゃるとおりですね。犯人は玄関から入って真也さんをリビングで殺害した。その後、キッチンの床下収納庫の扉を開けて本体をスライドさせ、床下に潜ったのです。床下から扉を閉めた後に本体をもとの位置にスライドさせて戻した。人通口からウッドデッキの下へ出て庭からブロックを運んで収納庫本体を動かないようにした。ふたたび庭に出た犯人はホースを使って床下の痕跡を洗い流して逃走した。そういう筋読みですな。あるいはブロックは最初からここに置いておいたのかもしれない」

尼子の言葉に間違いはないだろう。

あらためて春菜の胸にも緊張感がみなぎってきた。

「ブロックの工作とホースによる水撒きが動かぬ証拠だ。とりあえず、上に報告する」

康長はスマホを取り出すと、どこかへ電話を掛けて現場で発見した事実を報告している。

「とりあえず、現場保存のために三崎署員をよこすそうだ。もちろん、あとから所轄の強行犯や鑑識も来る」

電話を切った康長は歯切れのよい口調で言った。

「じゃあ、まぁウッドデッキで待ってますかね」

尼子はのんきな口ぶりで言った。

「いいですね。こんないいお天気ですし」

春菜はちょっとのびをして青空を見上げた。

「ビールはダメですからね」

薄ら笑いで尼子がたしなめた。

「へへへ、飲みませんって」

春菜はふたたび照れ笑いを浮かべた。

一五分もすると、スクーターに乗った制服警官がふたり姿を見せた。春菜たちは彼らに後を託して芝生の庭を出口へ歩み始めた。

「帰る前にこの下の海岸線も見てみたいですな」

尼子の言葉に康長もうなずいた。

「俺もそう思ってた」

芝生の庭から雑草の間を細い階段が海へと続いている。

春菜は先に立って階段を下り始めた。

「いいなぁ」

透明な海が視界を覆った。

少し離れているとベビーブルーに見える海は、近づくとすっきりとした青に変わった。

潮風がさわやかな海の香りを運んできた。

七メートルほどの階段を下りると、目の前に白っぽい砂浜がひろがった。

「プライベートビーチかな」

春菜は歓声を上げた。

まわりは岩で囲まれているのに、四〇メートルほどの部分だけはおだやかに波が浜に打ち寄せている。

SUPなどで遊ぶにはちょうどよい静かな海だ。

浜の左手には崖上から見えていたとおり、消波ブロックが沖に向かって並べられている。

目の前には諸磯港の突堤が延びていた。

「きつね浜という名前の浜のようですな」

尼子はスマホを覗き込みながら言葉を継いだ。

「関係者以外立入禁止とのことなので、この浜へ下りる道はすべて私有地を通っているのでしょうね」

やはりプライベートビーチなのだ。

「こんな浜でのんびりとお昼寝したら気持ちいいでしょうね……」

「ビールはダメですからね」

冗談めかして尼子が繰り返した。

「だから飲みませんよ」

春菜はあきれ声を出した。

「この浜がマルガイの遊び場だったことはわかったが、なにがあるわけでもないな」

康長は浮かない顔で言った。

「まぁ、そうですな」

尼子は素っ気ない調子で答えた。

春菜たちは階段を上って覆面パトへと戻った。

「三崎署の連中が聞き込みにまわるだろうが、目撃者などはなかなか出てこないだろうなぁ」

イグニッションキーを回しながら、康長は悲観的な言葉を口にした。

たしかに神保真也の別荘に向かう途中に人家はほとんどなかった。あっても別荘ばかりだろう。事件の晩に人がいたとしても屋外の動きに気づいたものがいるとも思えない。

あの細い道に、よそ者が夜間に入って来ることも考えにくい。

地取り捜査の成果は期待できないかもしれない。

「防犯カメラも周辺部にはなさそうですしね」

春菜も気弱な言葉を口にした。

ここに来る途中の建物では防犯カメラを見かけなかったような気がする。現場にアプローチするときにはしぜんとカメラを探す癖がついてしまった。

「仮に別荘にカメラがあったとしても、自分の敷地内しか捉えていないだろう。道路を撮影範囲としているカメラは、県道あたりまで出ないとないかもしれない。だが、殺人事件の捜査は始まったばかりだ」

気を取り直すように言って、康長はアクセルを踏み込んだ。

クルマは横須賀市内にある真也の自宅を目指して走り始めた。

「いずれにしても殺人と判断できたのは尼子のお手柄だ」

康長の言葉に尼子は口の端をちょっと持ち上げてかすかに笑った。

「なんでもないことです。ほんのちょっとの注意力の違いですよ」

さらっとトゲのある言葉を口にするところが尼子らしい。

「しかし、尼子は建築にも詳しいんだな」

だが、康長は尼子の言葉をさらっと受け流した。

「いやいや、常識の範囲です。まったくの専門外です。わたしの本来の専門は西洋哲学です。修士論文はジャック・デリダの脱構築やグラマトロジーに関する研究ですから。ジャック・デリダはご存じだと思いますが」

言葉に力を込めた尼子を、康長が制した。

「尼子の専門はこの際、どうでもいいや。なに言ってるんだかちっともわからん」

康長は面倒くさそうに言った。

言うまでもなく春菜も同感だった。

着任した日に、哲学の話をしている尼子たちが異星人に見えたことを春菜は思い出した。

どういうものか、ああした会話で盛り上がる三人を久しく見ていない。春菜をからかうほうが楽しいらしい。

4

覆面パトは往路と同じ道を引き返して横浜横須賀道路に乗った。

神保真也の自宅は横須賀市追浜《おっぱま》東町という場所にある。

横浜横須賀道路の逗子《ずし》インターから一五分と掛からない場所だった。

隣の市であるのにもかかわらず、京急田浦駅近くの渋滞もあって小一時間かかった。

目的地にたどり着いたのは午後四時をまわっていた。

近くに横須賀市立浦郷《うらごう》小学校が建つ高台の分譲マンション群が目的地だった。

神保真也が殺された事実はまだ記者発表していない。当然ながらマスコミも集まってはいなかった。

管理棟に常駐している管理人から鍵を借りて、八階建ての最上階の部屋を訪ねた。

「捜査員が入るだろうが、とりあえず鑑識は来ないはずだ」

そんなことを言いながら、玄関の鍵を開ける康長に続いて春菜たちは室内に入った。

玄関付近は光がほとんど入らないので、康長は壁際のスイッチで照明を点けた。

白っぽい織物クロスの壁紙が貼られている玄関内は、さして豪華な雰囲気ではなかった。

比較的新しいが、まずは標準的なマンションという感じだ。

玄関からすぐの廊下の両側にドアがあり、まっすぐ進むとリビングらしき部屋だった。

リビングも廊下と同じ壁紙で囲まれていた。マンションではよく見られることだが、どこも同じ壁紙が貼ってあるらしい。

康長はこの部屋の照明も点灯した。

この部屋は一二畳くらいで、三畳ほどのカウンターキッチンが付属しているＬＤＫ構造だった。四人掛けのダイニングテーブルとテレビボード、書棚代わりのキャビネットが目立つ家具だった。

引き戸で仕切られた右手の部屋は寝室で、セミダブルベッドと書棚、木製のデスクがあった。デスク上にはちょっと大きめのディスプレイのＰＣが置いてある。あとは焦げ茶色のワードローブが家具らしい家具だった。

春菜たちはあちこちを観察してまわったが、これといって不審なものは見つからなかった。

康長がカーテンを開けると、窓の外のベランダの向こう遠くに水平線が見えた。春菜たちはベランダに出てみた。

「高台の上に建っているだけに眺めは抜群ですなぁ」

尼子が詠嘆するような声を出した。

たしかによい眺めだ。このベランダからの景色には価値がある。

眼下は住宅地で色とりどりの屋根が並んでいて、緑の森に囲まれた仏教寺院も見えた。

遠景には海沿いの埋め立て地にいくつもの工場が連なり、プレジャーボートの係留されているハーバーと、小型の貨物船が停泊している港湾施設があった。

春菜たちはふたたびリビングに戻って部屋のなかを眺めた。

そのとき康長の電話が鳴った。

「司法解剖の結果が出た。凶器は針で変わりないが、自分で刺すことはほぼ不可能な深さに達しているそうだ。また、神保真也さんの胃からベンゾジアゼピン系の向精神薬の成分が検出された。睡眠導入剤などに使われている成分だ」

電話を切った康長は険しい声で言った。

「犯人が真也さんに摂取させたとしか思えませんね」

春菜の言葉に康長は静かにうなずいた。

「まぁ、睡眠導入剤を飲んでから自分の胸を刺すという人間はいないからな。この二点から神保真也さんの死は殺人と断定された」

「わかりました」

春菜は身が引き締まるのを覚えた。

「やはりそうですか」

尼子は得意そうな声を上げた。

康長はあごを引くと、スマホであちこちの写真を撮り始めた。

インテリアや調度類に統一感はなく、適当に買ってきたものを並べてある雰囲気だ。

諸磯の別荘に比べるとどこか雑然とした雰囲気だった。

「もっと立派な部屋かと思っていました」

春菜は素直な感想を口にした。

独り暮らしの部屋としては広すぎるほどだし、インテリア等もとくに安っぽいという印象はなかった。

だが、春菜はちょっと不思議な気がした。

あの別荘は素晴らしい環境に建っていたし、なかなか洒落《しゃれ》ていた。

また、神保真也は著名なテディベア・コレクターとのことだ。

もっと高級な部屋に住んでいると想像していたのだ。

「部屋なんぞはどうでもいいんですよ。そんなことより、コレクションはどこでしょうかねえ」

尼子は落ち着かないようすであちこち見まわしている。

「玄関近くの部屋だろう」

康長はきびすを返してリビングから廊下へと向かった。

踊るような足取りで尼子は康長のあとに続いた。

テディベアの知識などは持っていないわけだが、春菜もコレクションを見たいことに変わりはなかった。

「ここかな？」

尼子は期待に満ちた表情で左側のドアのノブに手を掛けた。

この部屋は薄暗い。窓に遮光カーテンが下がっていた。

尼子が照明を点けると、六畳くらいの部屋だった。

「うわっ。こりゃあすごい！」

尼子は叫び声を上げてのけぞった。

奥の壁一面にベアのぬいぐるみがずらっと並んでいる。

チョコレート色の木枠、四面にガラスの入った大型の展示ケースで壁が覆われているのだ。

一〇〇体という数は聞いていたが、現実に見るとやはり壮観である。

茶色やクリーム色、白や黒、なかには赤や青のモフモフが六段のガラス棚にずらりと並んでいる。

ケースのガラス越しにクマちゃんたちの黒くつぶらな瞳がこちらを見つめている。

「すごい数ですねぇ」

春菜もうなり声を発した。

「数も多いけどね、たいしたコレクションなんですよ。これは」

よだれを垂らしそうな顔で尼子は言った。

「尼子、ぬいぐるみには手は触れないほうがいいぞ」

夢中になっている尼子に康長は制止を忘れなかった。

「大丈夫、わかってますよ」

目尻を下げたままで答え、尼子はケースに顔を近づけた。

「俺には似たようなクマのぬいぐるみにしか見えないが、価値あるベアが多いのか？」

康長は首をひねった。

もちろん、春菜にも個々のベアの値打ちなどはわからなかった。

「わたしはそれほど詳しくないので、ほんの一部しかわからないのですがね……たとえばこのケース三段目のまん中のあたりにあるベアを見てください」

高さ五〇センチくらいのベージュ色をしたベアが両手を開いて座っている。

「大きめのベアだな」

康長が言うとおり、ここにあるテディベアのなかでも大きいほうだ。

左にちょっと首を傾げた姿がかわいらしい。

「これはシュタイフ社の初期のベアです。二〇世紀初頭の作品だと思います」

「どうしてわかるんだ？」

「左耳を見てください。耳の内側に金色のボタンが縫い付けられていましょう」

尼子はベアの耳を指さした。

「あ、わかります」

耳介《じかい》の上あたりで金色のボタンが鈍く光っている。

「そこに《Steiff》と刻まれているのです。シュタイフ社製品の証《あかし》です」

「本当だ！」

春菜にも読み取れてなんだか嬉しくなった。

「シュタイフ社のベアはこのボタンが目印なんです。後にボタンとともにタグが縫い付けられるようになりましたが、初期はボタンだけです。ほかにも突き出た背中のこぶ、輪郭が明確な幅の狭い足、細い足首など第一次大戦前のシュタイフ・ベアの特徴をよく備えています。前に読んだ本に載っていたベアと同じ種類のような気がします。おそらくは一九一〇年より前に製造されたものだと思います」

春菜や康長を振り返った尼子は楽しそうに説明した。

「一世紀以上も経っているベアというわけか。値段も高いんだろうなぁ。いくらくらいするんだ？」

康長は尼子の顔を見て尋ねた。

「アンティークベアの価格は状態によって大きく左右されますので、専門家の鑑定を経なければ正確な価格はわかりかねますね」

尼子は気難しげに眉毛を動かした。

「だいたいでいいんだ」

「そうですね、モヘヤという外皮の状態からしてレプリカではないと思われます。全体のコンディションはかなりいいほうなので、一〇〇万円前後で取引される個体だと思います」

ちょっと考えてから尼子は静かに言った。

「高っ！」

春菜は驚きの声を上げた。

「これが安い新車の一台分にも当たるとはなぁ」

康長はあらためてベアに見入って鼻から息を吐いた。

「同じ段の左から三体めの大きいベアを見てください」

尼子は同じくらいの大きさのベアを指さした。

「これも古そうなベアですね」

春菜の言葉に、尼子は得たりとばかりにうなずいた。

「この逆三角形の顔、くさび形の鼻面、大きな耳、長い腕……《アイディアル社》の初期作品だと思われます」

尼子は自信ありげに言った。

「えーと、最初にテディベアの名前をつけた会社ですね。アメリカの……」

今朝の説明を春菜は覚えていた。

「そう。ロシア移民のモリス・ミットムが一九〇三年に起《た》ち上げ、合衆国で最初にテディベアを製造した会社ですよ」

「これも高いんだろうな」

「この時代の《アイディアル社》のベアは大変少ないはずですが、レプリカでないとすれば、数十万円くらいでしょうかね」

尼子はベアに視線を置いたままで答えた。

ほかにもクマの毛皮の黒くて長い帽子をかぶって赤い軍服を着たバッキンガム宮殿近衛兵の衣装を着たベアや、博士のかぶるような角帽をかぶったベア、ホテルマンのような衣装をまとったベアなど、さまざまなベアが展示ケースのなかに並んでいた。

「イギリスの《メリーソート社》や、ドイツの《シュコ社》などいくつかの会社のベアもありますが、ほとんどはシュタイフ社製のようですね。それも一九六〇年代以前に製作されたアンティークベアばかりのように見受けられます」

展示ケースをあらためて眺めまわして尼子は言った。

「このケースのなかにPB55っていうベアはあるのか？」

康長はまじめな顔で訊いた。

「浅野さん、無茶言わないでくださいよ。PB55は幻のベアなんです」

尼子は口を尖らせた。

「そうだったな……」

康長は頭を掻いた。

「ですが、当時のカタログ写真が残っています。また、写真をもとにシュタイフ社ではレプリカを製作し販売もしています。そのレプリカに似たベアも、ここにはありません」

尼子ははっきりと言い切った。

「ないのか……」

「もっとも、ここにPB55があったら、世界的なニュースとなるわけですがね」

皮肉っぽい口調で尼子は答えた。

「わかった。ちょっとバカな質問だった。しかし、詳しいなぁ。尼子はベア博士になれるな」

康長は心底感心したような声を出した。

春菜も同感だった。

「いえいえいえいえ」

だが、尼子は例の奇妙な声を出して顔の前で手を振った。

「とんでもない。いま指摘したものは、あまりに有名なアンティークベアですので、わたしのような初心者でもわかるのです」

尼子の表情は謙遜しているようには見えなかった。

世の中にはもっと詳しい人がたくさんいるのだろうか。

「素敵なベアたちですよね。まるでテディベアの花園みたい」

春菜はテディベアを持ってはいないし、それほど興味があるわけでもない。

しかし、こんなベアたちに囲まれて暮らすなんて、どんなに優雅な暮らしだろうか。

「そう、よいコレクションだよ。アンティークベアがほとんどだし、保存状態もよい」

うなずきながら尼子は答えた。

「全体でいくらくらいだ？」

康長は金額を気にしている。

ベア・コレクションの財産価値が気になるのは、単なる興味ではなかろう。

遺産の金額に対する刑事としての関心なのに違いない。

「繰り返しになりますが、わたしには正確な価格はわかりません」

ふたたび尼子は気難しげな顔をした。

「だいたいでいいんだよ」

康長は気ぜわしく訊いた。

「さぁ、数百万にはなるのではないでしょうか」

首をひねりながら尼子は答えた。

「たいしたもんだな」

「持ち主が死んだことで、このコレクションが散逸することが懸念されますな」

尼子は眉間にしわを寄せた。

「お兄さんが相続することになるんだろうな。その人次第だろう」

「ベアの価値がわかる人ならいいんですけどね。一度、専門家に見てもらうべきですね」

「我々警察には関係のない話だ。このコレクションの存在を知っている誰かがアドバイスするだろう」

康長の言うとおりなのだが、尼子の懸念もよくわかる。

「そりゃまぁそうなんですけどね。管理状態も維持しなけりゃならないしな」

「この部屋って温度管理されてますよね」

部屋の温度はちょうどよく空気はさらっとしている。

「そう、遮光カーテンで陽光は防いでいるようだし、エアコンと除湿が働いているね」

壁にはデジタル式の温度計と湿度計を組み合わせたものが設置されている。

温度は二六度、湿度は五五パーセントを示していた。

これぐらいの温度や湿度がベアの保管には適当なのだろう。

「水がたまったら、除湿機止まっちゃいますよね」

左手の壁際で大きめの除湿機のコンプレッサーが低くうなっているが、タンクは二、三リットルだろう。

「そうだね……放っておくのはなぁ」

心配そうに尼子は言った。

「だから、それは関係のない話だ。さぁ、もうこの部屋はいいだろう」

康長はにべもない調子で言ってドアの外へ出た。

「わかりました」

春菜は明るく答えて康長に続いた。

「ちょっと待ってくださいませんか」

尼子は展示ケースにスマホを向けてしきりと写真を撮っている。

すでに康長も写真は撮っているのだが……。

「もういいだろ?」

ドアの外から康長は声を掛けた。

写真を撮りおわったあとも尼子は展示ケースを見つめたまま立ち尽くしている。

「おい、尼子。部屋の灯《あか》りを消して出てこい」

康長は少しつよい声で促した。

「は、はい……」

名残惜しそうな尼子も、あきらめたように廊下へ出てきた。

「こちらの部屋にはなにがあるんだろうな」

康長は廊下の反対側のドアを開けた。

「トレーニングルームらしいですね」

春菜は部屋に入りながら言った。

ベア・ルームと同じくらいの広さの部屋の床には一面に黒いゴムマットが敷き詰められていた。

フィットネスバイクやウォーキング・ランニングマシン、ローイングマシンなどが置いてあった。

「どうやら、神保真也さんは身体を鍛えるのが好きだったようだな」

康長は部屋中を撮影しながら言った。

「わたしはこんなマシンは苦手ですな。生産性がない。いくら漕いでも自転車もボートも前には進まないわけですから」

つまらなそうに尼子は言った。

「この部屋にもたいしたものはなさそうだ。帰るとするか」

康長はさっさと廊下へ出た。

もうこの家を去ってもよさそうだ。

5

そのとき玄関ドアの呼び出しチャイムが鳴った。

「誰だろう？」

首を傾げながら康長はドアを開いた。

三〇代前半くらいの中肉中背の男が立っていた。

「こんにちは。警察の方ですね？」

男は口もとに笑みを浮かべてよく通る声で訊いた。

「はい、神奈川県警の者です。失礼ですがどちらさまですか?」

康長は丁重な口調で訊いた。

「僕は神保慶一《けいいち》と言います」

やわらかい表情で慶一は名乗って玄関内に足を踏み入れた。

この男が、真也のただひとりの遺族に違いない。

仕立てのよいリネンのサマージャケットの下にネイビーブルーのシャツを着て、チノパンを穿いている。

弟の真也はスポーツマンタイプだったようだが、兄の慶一はどちらかというと学者タイプのようにも見える。

顔立ちはあまり似ていない。真也があっさりとした細面なのに対して慶一は彫りの深いくっきりした輪郭を持っている。目、鼻、口といったパーツがそれぞれしっかりしている。

「神保真也さんのお兄さんですね」

康長の言葉に慶一はゆっくりとうなずいた。

「はい、弟のことでいろいろとご迷惑をお掛けしています。いま鍵を借りようと管理人さんのところに伺ったら、警察の方がお見えになっていると聞きまして。ですが、なぜこちらにお運びですか」

慶一は不審そうに眉間にしわを寄せて尋ねた。

たしかに自殺であれば、警察がここへ来る必要もない。

「ちょっと調べたいことがありましてね。今後も状況次第では捜査員がお邪魔することになると思います」

康長は慎重な態度で答えた。

「でも、弟は自殺ではないのですか」

落ち着かない表情で慶一は訊いた。

「つい先ほど事件性があると判断されました」

あっさりと康長は告げた。

「事件性……こ、殺されたということですか」

目を見開いて慶一は震え声で問うた。

「はい、警察ではそのように判断しました」

「そんなバカな……」

慶一は言葉を失った。

「身元確認をされたときに、警察から事件性がある可能性もお伝えしていませんでしたか」

康長は静かに訊いた。

「たしかに弟の別荘に身元確認に行ったときに年輩の刑事さんがそう言っていました。ですが、僕にはまったく信じられませんでした。真也が殺されるなんて。誰からも好かれる男だったんですよ」

熱っぽい口調で慶一は主張した。

「あなたからも少しお話を伺いたいのですが、よろしいでしょうか」

丁寧に康長は頼んだ。

「もちろんですとも」

慶一は廊下へと足を踏み入れた。

春菜たちはリビングのダイニングテーブルを囲んで座った。

「神奈川県警刑事部の浅野と申します」

康長は名刺を差し出して名乗った。

春菜と尼子も次々に名前を告げた。

「僕の名刺です」

慶一も名刺を差し出した。

——株式会社　神保企画　代表取締役社長　神保慶一

鎌倉市の住所と電話番号、メールアドレスが記されていた。

「どんなお仕事をしていらっしゃるんですか」

春菜はやわらかい声で訊いた。

「不動産管理の小さな会社を経営しております」

慶一は低い声で言った。

「いきなりで恐縮ですが、弟さんを恨んでいたような人は思いつかないのですね」

手帳を開いた康長は静かに質問を開始した。

「真也と僕は実は腹違いなのです」

「そうなんですか」

「ええ、僕の母は僕が八歳のときに亡くなりました。翌年に父が再婚した相手が真也の母親です。ただ、真也の母親もいまは生きてはいません。五年前に病死しています」

「なるほど……では、真也さんのお母さんがあなたの育ての親だったのですか」

康長の問いに慶一はあいまいな表情で笑った。

「どうでしょう。僕はむしろ同居していた父の妹である叔母に育てられたようなものです。

この叔母も物故していますが。特に仲が悪いというわけではないのですが、弟とは年に数回会う程度の関係でした。だから、弟の人間関係についてそれほど詳しいわけではないのです。真也の友人も直接には知りませんし……」

慶一は言葉を濁した。

「それほどお会いにはなっていなかったのですね」

「はい、子どもの頃はともあれ、大人になると兄弟なんてもんはそんなに行き来しなくなりますよね。ただ、去年の春に父が七七歳で心筋梗塞で物故しました。それで遺産分割の話し合いをする際には何度か会いましたがね」

「お父さまはどんなお仕事をなさっていたんですか」

「父は小規模の不動産デベロッパーでした。財閥系のデベロッパーを辞めてから神保開発という会社を起こして成功しました」

表情を変えずに慶一は答えた。

「相当な遺産があったのではないですか」

畳みかけるように康長は訊いた。

「晩年の父はそれほど羽振りがよかったわけでもなかったのです。亡くなった段階ではたくさんの債務を整理しなければなりませんでした。それでも僕が鎌倉の家と逗子の築九年の一六世帯の賃貸マンション一棟、それから湯河原《ゆがわら》にある小さな別荘をもらいました。真也は一億七千万ほどの現金や有価証券等の動産を相続しました」

慶一の口調はさらりとしたものだった。

庄川《しょうがわ》温泉の貧乏旅館の娘である春菜からすれば、驚くほどの財産である。真也の相続した動産だけでも、実家の舟戸屋《ふなどや》ならすっかり豪華旅館にリニューアルできるはずだ。

もっとも常連客は、たとえ新しくなくともいまの舟戸屋の雰囲気が気に入ってきてくれているようだ。

さっきの尼子の話ではここのベア・コレクションは数百万円程度と言っていた。

真也にとっては、金額面でそれほど重要な価値があるというわけでもなかったのかもしれない。

「あなたが不動産、真也さんが動産ですか。不思議な分割ですね」

康長は小首を傾げた。

「父の考えなので僕にはなんとも……顧問弁護士が公正証書を預かっていて、父の遺志が明確でしたので……。父は自分がいつ死んでもいいように七五歳のときに遺言を作成したんです」

慶一はきっぱりと言い切った。

「あなたはそれでよろしかったのですね」

「マンションの賃料だけでもじゅうぶん食べてはいけますので」

「ずっとマンション経営をなさっているのですか？」

「城西銀行に勤めていましたが、三年前から父の仕事を手伝っていました。いまは、父の遺した不動産管理会社を経営しています」

少しだけ気弱な表情で慶一は答えた。

賃貸マンションの家賃で暮らしている……つまりは大家さんなのだろう。

働かなくても困らないとはどんな暮らしなのだろうか。春菜には想像もつかない。

「弟さんも相続に対する不満はなかったのですね」

康長は慶一の目を見つめながら訊いた。

「とくに不満はなかったようです。弟は不動産なんかよりも現金がほしかったようです」

「真也さんのお仕事はなんでしたか」

「ひと言で言えば投資家です。あいつは大学を出てから証券会社に勤めていましたが、父の死を機に退職しました。株式会社ＪＭＣＰという法人を起ち上げていましたが、要するに相続した金を元手に運用して生活していたんです」

弟のほうも額に汗して働いていたわけではないようだ。

「弟さんの経済状態はどうでしたか？」

ふたたび康長は慶一の目を覗き込んで尋ねた。

「詳しいことは知りませんが、決して悪い状態ではなかったと思います。むしろ、けっこう稼いでいたようです」

慶一は表情を変えずに答えた。

「ところで今日はなんのご用でこちらへお見えですか」

康長は問いの趣旨を変えた。

「ベア・コレクションのようすを見に来たのです」

はっきりとした口調で慶一は答えた。

「貴重なもののようですね」

「財産的価値は知りませんが、コレクターによっては貴重らしいですね……あのベア・コレクションはもともと父のものでした」

「お父さまの？」

「はい、動産なので弟が相続しました。僕には興味がないものなので……」

淡々と慶一は答えた。

「ベアのことはお詳しくないのですね」

「ええ、父は入れ込んでいましたし弟もそれを引き継いでいました。ですが、僕はむしろ絵画などに関心があります。ベアのことはよくわからないのです」

「では、あのベアは売却なさるのですか」

いきなり心配そうな声を出したのは尼子だった。

「とりあえず、ベアに詳しい友人の協力を得て管理を続けるつもりです」

慶一は尼子に向かって明確に答えた。

「あのコレクションは非常に貴重なもののように思います。散逸を防いでください」

熱っぽい口調で尼子は訴えた。

「心得ておきます」

静かに慶一は答えた。

康長が大きな咳払いをした。

決まり悪そうな顔で尼子は肩をすくめた。

「今回の事件は顔見知りの犯行であることが疑われています。さっきの質問と重なりますが、弟さんのまわりで心当たりの者は考えつきませんか」

康長は質問を続けた。

「さぁ……思いあたりませんね。でも、どうして顔見知りなんですか」

首をひねりながら、慶一は答えた。

「殺害されたときに、抵抗した後が見られないのです」

刑事には珍しく康長は相手の質問に答えた。

一方的に質問するのが刑事であって、質問に答えることは例外だ。

「なるほど、それで顔見知りとわかるのですか。興味深いお話ですね」

さも感心したように慶一は言った。

「はい、今回は諸条件から見てまず間違いないと思います。慶一さんはあの別荘に出入りしていた人を知りませんか」

この問いに慶一ははっきりと首を横に振った。

「知りません。僕自身はあの別荘を何度か訪ねていますが、ほかの人と会ったこともありません」

「別荘のことは措《お》いたとしても、弟さんのお友だちや交際していた女性などはご存じないですか」

畳みかけるように康長は訊いた。

「知らないですよ。弟と最近は何度か会っただけなのに、そんなことを知ってるわけがないじゃないですか。まして殺人者だなんて知るわけないでしょう」

慶一は眉間に縦じわを寄せてぴりぴりとした声で答えた。

「念のためのお伺いです」

康長はゆったりとした声で言った。

「繰り返しになりますが、弟の具体的な友人関係についてはなにも知りません。真也のまわりの人に訊いたほうがいいですよ」

慶一は不機嫌そうに口を尖らせた。

春菜は富山市に住んでいる弟の一家とは仲よくしているが、大人になった男兄弟などそんなものかもしれない。

「わかりました……ＰＢ55という言葉をご存じですか」

康長は出し抜けに質問を変えた。

「さぁ……それはなんの番号ですか」

ちょっと顔をしかめて慶一は答えた。

慶一自身はベア・コレクターではないのだから当然だろう。

「知らなければいいんです。では、ＴＣＯＡという言葉は？」

立て続けに康長は訊いた。

「いや、聞いたことのない言葉ですね。なにかの機関ですか？」

相変わらず慶一は不審な顔を向けている。

「実はこれは真也さんが最後に残したメモにあった言葉なんです」

康長はスマホに「ＰＢ55……ＴＣＯＡ？」の写真を映し出して慶一に見せた。

「こんなメモを弟が……」

うめくような声で慶一は言った。

「伺いたいことは以上です。ご協力ありがとうございます」

康長はかるく頭を下げた。

「お役に立てましたでしょうか」

「ええ、参考になりました。なにか思いついたことがあったら名刺の番号にお電話くださ い」

「わかりました」

「また、伺いたいことが出てくるかもしれません。その節はどうぞよろしく」

「もちろんです」

「これで我々は引き上げます」

言葉と同時に康長は椅子から立ち上がった。

「わたしはベアのようすを見たいので、しばらくこの部屋にいます」

「玄関の鍵はお渡ししておきます」

康長はポケットから鍵を取り出して慶一に渡した。

「一日も早く弟の生命を奪った犯人を捕まえてください」

玄関まで送ってきた慶一はつよい口調で言った。

怖いほどの真剣な表情だった。

「それがわたしたちの仕事です」

康長は歯切れよく答えた。

「犯人をどうしても許せません。僕にとって真也はたったひとりの血のつながった兄弟だったのです。弟は二七歳という若さでなぜ死ななければならなかったのでしょう。そいつには犯した罪に値する苦しみが与えられるべきです」

慶一は目を剝《む》いて口角に泡を飛ばした。

春菜は慶一の両の拳が大きく震えていることに気づいた。

「最大限の努力をします」

きっぱりとした口調で康長は答えた。

「どうぞよろしくお願いします」

慶一は春菜たちに向かって深く頭を下げた。

春菜たちは慶一に頭を下げて玄関から外に出た。

管理人にあいさつをしてから、覆面パトに乗り込んだ。

康長がクルマを始動させようとすると、彼のスマホが鳴った。

「はい、浅野……そうですか、わかりました」

康長は電話を切ると、春菜たちに向き直った。

「三崎署に捜査本部《チョウバ》が立つことが決まった。今夜八時から三崎署で第一回の捜査会議だ」

イグニッションキーを回しながら康長は言った。

「では、わたしたちは電車で帰ります」

春菜の申し出に康長は首を横に振った。

「いや、このクルマは本部に戻さなきゃならない。横浜に帰るよ」

覆面パトは朝比奈インターから横浜横須賀道路に乗った。

「安心しましたよ。あの慶一さんが面倒を見てくれるなら、ベア・コレクションは安泰ですな」

尼子は明るい声で言った。

「そうですね、除湿機の水だって心配しなくていいでしょうし……」

春菜もちょっと安心していた。

「まぁ、いまや慶一さんのコレクションとなったわけですからね」

したり顔で尼子は言った。

「そうなるな。しかし、あまり興味がなさそうだったぞ」

康長は素っ気なく言った。

「そんな口ぶりでしたね。売却するならコレクション全体をまとめて誰かに譲ってほしいなぁ」

尼子があまりにも不安そうな声を出したので、春菜は笑いそうになった。

「どうして尼子さんはベア・コレクションの趣味を持っているんですか？」

春菜は不思議に思っていたことを訊いた。

「実は、最初はわたしのワイフの趣味でね」

尼子は目尻を下げた。

「えっ？」

「奥さんの？」

康長と春菜は同時に叫んだ。

専門捜査支援班メンバーのプライベートはよく知らない。尼子が家庭を持っていることも初めて聞いた。

「そう。ワイフの高校時代からの趣味なんだよ。彼女の誕生日なんかにねだられてテディベアをプレゼントしているうちに、いつの間にかわたし自身がハマっちゃってね。でも、まだ半年くらいのベア初心者なんですよ。さっき撮った神保さんのコレクションも家に帰ったらワイフに見せようと思いましてね」

照れたように尼子は頭を掻いた。

「素敵ですね。ご夫婦で同じ趣味をお持ちだなんて」

春菜の本音だった。きっと明るくやさしい家庭を築いていることだろう。

「まぁ、わたしはワイフには甘くてね。去年、結婚したばかりでね」

ヘラヘラと尼子は笑った。

「奥さま、お幸せですね」

その笑顔をいささか不気味に思いつつも、春菜は愛想を口にした。

「いや、ちょっと年が離れててね」

尼子はさらにしまりのない顔になった。

「そうなんですか」

あきらかに尼子は妻のことを話したがっている。

「まだ、二二歳なんだ」

うっすらと尼子は頬を染めた。

「えーっ」

「に、にじゅうにさい……」

春菜と康長は叫び声を上げた。

「おい、尼子。おまえ、いくつなんだよ」

康長が背中で興味深げな声を出した。

「わたしは今年の五月で三七歳になりましたがね」

照れるようすもなく尼子は答えた。

春菜は尼子が四〇歳くらいだと思っていたが、そうは外れていなかった。

しかし、一五歳も年下とは驚いた。

もちろん男女の年がいくつ離れていたとしても問題があるわけではないが……。

「ずいぶん若い奥さんだな」

康長は感嘆したように言った。

「わたしは二年前まで警務部教養課通訳センターにいたんですよ。委嘱している民間通訳人の方たちの管理関係の業務に就いていました。わたしは英・仏・独・中国語はある程度できるんですが、さらにスペイン語を学ぼうと思いましてね」

尼子はさして得意そうでもなく言った。

「勤勉なヤツだな。俺なんて休みの日は寝てばかりだよ」

皮肉でもなさそうに康長は言った。

「まぁ、刑事は捜査本部が開設されると休みのない仕事でしょうからね。そこは日勤制で公休日もしっかり取れていました」

「なるほどな」

「それで土日には横浜市内の語学専門学校に通っていたんです。そこで知り合いましてね。ワイフは大学に通いながら、専門学校でスペイン語を学んでいたというわけです」

「そこで知り合ったんですね」

春菜は声を弾ませた。

「ええ、クラスメートというわけですな。ふたりともフェデリコ・ガルシーア・ロルカの詩が好きなんで意気投合しましてね」

嬉しそうに尼子は言った。

「うらやましいような話だな」

本気なのかどうなのかわからないような口調で康長が言った。

「これがわたしのワイフでしてね」

尼子は春菜の前にスマホを差し出した。

「えっ……」

画面を見た春菜は言葉を失った。

白い細面。長い黒髪に愁《うれ》いを含んだ瞳。どこかに甘やかさを漂わせたふんわりとした唇。

美女というより美少女と表現したほうがふさわしい。

童顔の春菜は若く見られることが多い。二〇歳前に見られることさえある。

だが、彼女はホンモノだ。

実年齢が若いだけに肌もつややかで若さに輝いている。

こんな美少女が結婚するほど尼子は魅力ある男なのだろうか。

春菜にはまったくの謎だった。

「おい、尼子。あとで俺にも見せろよ」

康長は笑い混じりに言った。

「そんなに自慢するほどのもんじゃありませんがね」

尼子はすました顔で答えた。

しっかり自慢しているのに……。

「奥さんはどんなお仕事をなさっているんですか」

なんとなく春菜は問いを重ねた。

「いまは仕事はしていません。全国通訳案内士を目指して勉強中なんですよ」

さりげない口調で尼子は答えた。

「それってたしか難しい資格ですよね」

両親が旅館業に従事しているわけだから、春菜もぼんやりとは聞いたことがある。

庄川温泉だって外国人観光客はけっこう訪れるのだ。

「ええ、観光庁主管の国家試験に合格しなければならないんですが、合格者は二〇一九年度の英語の通訳で五〇〇人程度で、合格率は九パーセント台です」

尼子の声は誇らしげに響いた。

「じゃあ、尼子さんは受験生の母ならぬ受験生の夫ですね」

「そういうことになりますなぁ。筆記試験が八月。その合格者が受けられる口述試験が一二月なので、しばらくは全面協力ですよ」

「家事なんかも協力態勢ですか」

「朝夕の食事はほとんどわたしが作っています。洗濯と掃除もわたしがメインでこなしています。すべてはワイフの夢を実現するためですから」

嬉しそうに尼子は目尻を下げた。

自分の夢に全面的に協力態勢をとってくれる尼子は、奥さんにとっては理想的な夫なのかもしれない。

そんな無駄話をしているうちにクルマは海岸通りの県警本部に戻ってきた。

春菜の腕時計の針は六時近くになっていた。

公用車駐車場に向かう康長と別れて、春菜と尼子は専門捜査支援班に戻ってきた。

すでにほかのメンバーは帰宅したあとだった。

こんな早い時刻に皆が帰宅してしまって誰もいない机の島に、春菜はいまだに慣れていない。

江の島署の防犯少年係では、こんな時間に机に人がいなければ、それは外勤中というのがあたりまえだった。

ひとまず自席に座ったら、斜め向かいの席に戻った尼子が声を掛けてきた。

「細川さん、明日からベア・コレクターの登録捜査協力員と会う予定なんですよね」

「ええ、明日は仁木さんという協力員さんと南武線の武蔵中原駅で待ち合わせです」

「何時ですか」

「え……午後四時ですけど」

「そうですか、明後日は？」

「三村さんとおっしゃる協力員さんと二時に鎌倉のお店で待ち合わせています」

「その次の日も面談が入ってるんですよね」

立て続けに尼子は訊いた。

「はい、河野さんという方と四時に山下公園で会うことになっています。今回約束しているのはこの三人の方です」

「へぇ、変わったところで待ち合わせですね」

「そうですね、ふだんは駅の改札なんかが多いんですが……」

尼子は身を乗り出した。

「いやぁ、わたしもご一緒したいんだよなぁ」

春菜の目を見つめて尼子は鼻から息を吐いた。

「はぁ……」

尼子を連れてゆくのは不安だった。

彼は自分のテディベア趣味を抑えられないような気がする。

余計な質問をされると、春菜が訊きたいことから話が逸《そ》れていってしまうおそれがある。

「でも、無理なんですよ。明日から三日間は世田谷、名古屋、国立《くにたち》とびっしり出張が入っちゃってましてね」

悔しそうに尼子は言った。

どうやら春菜が尼子の同行を心配する必要はなさそうだ。

「名古屋とは遠いですね」

つい声が明るくなった。

「あっちの大学に犯罪心理学の一分野について権威の先生がいらっしゃいましてね。捜一から照会のあった件について、ご意見を伺いに行かなきゃならなくて」

尼子は鼻から息を吐いた。

「遠くまでお疲れさまです」

「まぁ、いつものことですよ。さて、わたしは帰ります。ワイフに今日見た神保コレクションの写真を見せてやりたいですから」

それだけ言うと、尼子はカバンを手に部屋をさっさと出ていった。

机を並べて二ヶ月と少し。尼子のことを気難しくて感じのよくない男と思っていた。

弁当イジリもいい加減うんざりしていた。

だが、そんな尼子の新たな一面が見えてきて楽しい一日だった。

人の本質はなかなかわからないものだとあらためて思う。

康長との捜査にも春菜は新たな魅力を感じていた。
真犯人を追い求める仕事は、犯人の本質を浮き彫りにすることだからだ。
ほかの班では電話も鳴っているし、行き交う警察官の姿も少なくない。
だが、春菜は妙に静かな気持ちでエレベーターホールに向かった。

第二章　ベア・ヲタクたち

1

川崎で南武線に乗り換えて武蔵中原駅の改札を出た。

明るいグレーのサマースーツに身を包んだ康長が立っていた。

「お疲れさん」

康長は右手をひょいと上げた。

「お疲れさまです。捜査本部を抜けられたのですね」

春菜の問いに康長は明るい顔で笑った。

「捜査主任からヲタクのほうにできるだけ時間を割けって許可が出たんだ」

「よかった。やっぱり浅野さんと一緒じゃないと」

だいぶ慣れてはきたが、協力員と一対一で会うことにはまだ不安がある。訊くべきことを落としてしまいそうな気がするのだ。

「四月からのわずかな時間で、細川とヲタクたちの力で三件も事件を解決できたんだ。福島《ふくしま》一課長は細川を大いに評価している。俺には最大限のサポートをせよとのご下命だ。細川に期待しているんだ」

春菜はなんと返事をしてよいのかわからなかった。

「買いかぶりですよ。浅野さんと協力員さんたちの力ですよ」

「まぁ、そう謙遜するな」

康長は明るい声で笑った。

「あの人じゃないですか」

改札に目を向けて春菜は声を上げた。

自動改札機から大勢の人が吐き出されてきた。人波から現れたひとりの男が、うろうろとまわりを見ている。

白いワイシャツ姿だが、待っていた仁木義安に間違いなかろう。

男の背負っているデイパックから提げられたミニサイズのテディベアが揺れている。

春菜と康長は男に歩み寄っていった。

目鼻立ちのすっきりとした品のいい顔立ちの男だった。

サラリーマンらしく見えるが、濃いめのブラウンに染めた長めの髪から見ると営業職などではなさそうだ。

「こんにちは、仁木さんですね」

春菜はゆっくりと声を掛けた。

「はい、仁木です。県警の方ですね」

仁木は明るい声で答えてきた。

「刑事部の細川です」

「同じく浅野です」

ふたりが名乗ると、仁木はかるく頭を下げてから言った。

「一〇分ほど歩いて頂けますか。ご案内したい店があるんです」

「もちろんです」

仁木を先頭に春菜たちは南口を出て街に入った。

春菜たちは中原街道を越えて低層マンションが多い住宅地の間を歩いていった。

やがて民家の間にアッシュローズの壁を持つ一戸建てのカフェが現れた。

「お疲れさまでした。こちらです」

ガラスが入った茶色い木枠の引き戸の前に立って仁木は言った。

右手の看板にはクマのイラストとともに《Bear Cafe》という文字が躍っている。

左手はチョコレート色の斜め格子のフェンスに囲まれたウッドデッキが設けられている。

「わぁ、これかわいい」

入口の左側には三角屋根の下に掛時計を埋め込んだちいさな小屋があった。

小屋のなかには「ＯＰＥＮ」の札を持つ白っぽいテディベアがちょこんと座っている。

「このお店のシンボルのウェルカムベアで、ここは、シフォンケーキとクッキーが名物なんですよ」

仁木は二段の木の階段を上って先立って店内に入った。

シフォンケーキやクッキーなどがずらりと陳列された棚が目立つ。テイクアウトに比重が掛かっているお店のようだ。

壁の上のほうにはベアのぬいぐるみがいくつか飾られている。

「ここからケーキなどを選んで、店内で食べることもできるんですよ」

仁木はショーケースを覗き込みながら言った。

大小のシフォンケーキの側面にクマとその足痕が焼き印されていてとてもかわいらしい。

春菜と仁木はいちばんちいさなケーキを選んだ。

「ウッドデッキの席にしませんか」

仁木の言葉に従い春菜たちはウッドテーブルに陣取った。

住宅地のど真ん中だが、さわやかな夕風が吹き込んでくる。

目の前の住宅の白い壁は午後の斜光線に明るい黄色に染まっている。

春菜と仁木は生クリームとフルーツを添えたシフォンケーキと紅茶を、康長はコーヒーを頼んだ。

「ごあいさつは後にして、まずは召し上がってください」

ちいさく笑って仁木はスイーツを掌《てのひら》で指した。

「いただきます」

デザートフォークを手にした春菜はかるくうなずくとシフォンケーキをパクついた。

ケーキは甘さが控えめで香りがよい。なによりもふんわりとした焼き加減が素晴らしい。

たっぷり添えられた生クリームはこってりしているように見えて、口のなかでさっと溶けてゆく。ブルーベリーやイチゴ、キウイとの相性も抜群だった。

「とっても美味しいです」

春菜は素直な喜びを口にした。

「よかった。ここのケーキ、僕も大好きなんです」

仁木は嬉しそうに微笑んだ。

康長はケーキには関心がないようで黙ってコーヒーを飲んでいる。

春菜はあっという間にケーキを平らげた。

「今日はお時間を頂戴して恐縮です。専門捜査支援班の細川春菜です」

春菜は名刺を差し出した。

「捜査一課の浅野です」

康長も名刺を渡した。

「刑事さんと会うのは初めてなんで、なんだか緊張しますね」

ふたりの名刺を見ながら、仁木はちょっと引きつった笑いを浮かべた。

「わたしは刑事じゃないです。お話を伺うのが仕事なんで緊張しないでください」

春菜はにこやかな笑みを浮かべた。

「お気遣いありがとうございます。お電話の声の印象とぴったりです。すごくお若いんですね。大学生みたいな感じです」

仁木は表情を和らげて言った。

「若く見られるんですが、二〇代の終わりです」

春菜は内心で苦笑しつつ答えた。若く見られて得をしたことはあまりない。

「へぇ、ちょっとびっくりです。それに、警察の方じゃないみたいです」

「嬉しいです」

警察官らしいという言葉は決してほめ言葉ではあるまい。

「浅野さんは、いかにも刑事さんって感じですね」

少しリラックスしたのか、仁木は笑みを浮かべて康長の顔を見た。

「俺は細川のお供なんで、気にしないでください」

康長は苦笑いを浮かべた。

「どうぞよろしくお願いします」

仁木もふたりに名刺を渡した。


――株式会社　ＡＩＴＥＣ　チーフエンジニア　仁木義安

会社の住所を見ると、隣の駅の武蔵小杉だ。正確に言えば川崎市中原区小杉町三丁目。駅近くのオフィスビルに会社があるのだろう。

「どのようなお仕事をなさっているのですか」

やわらかい声で春菜は訊いた。

「クラウド・アーキテクチャを構築するチームのリーダーということになります」

仁木はさらりと答えた。

「はぁ……IT関係のお仕事なんですね」

春菜にはよくわからないが、クラウドというからにはインターネット関連の仕事なのだろう。

「えーと、クライアントさまに、ネットワーク上のプラットホームなどを提供しています」

仁木がとまどいを含んだ笑顔を浮かべた。春菜への説明に困ったのだろう。

「お時間を頂いてしまって、お仕事のほうは大丈夫なんですか」

サラリーマンだとすれば、ふつうは仕事中の時間のはずだ。

「ええ、うちの部署はフレックスタイムなんで……このお店は六時までなんですよ。ぜひ、召し上がって頂きたいと思いまして」

ゆったりとした口調で仁木は答えた。

「それはわざわざありがとうございます。おかげさまで素晴らしいシフォンケーキを頂けました。生クリームも最高ですね」

お世辞ではなかった。最近食べたケーキのなかではいちばん美味しいと思った。

「気に入って頂き嬉しいです。こちらのお店はケーキでも生クリームでも厳選した材料を使っているんですよ。さらにその日の気温や湿度に合わせて生地を作っているんですよね」

嬉しそうに仁木は微笑んだ。

「それでこんなに美味しいんですね。ところで、仁木さんは登録名簿にテディベアの記載がありますが、ベア・コレクターなんですか」

春菜はなにげない調子で切り出した。

登録捜査協力員から有益な情報を得るためには、得意分野について楽しく喋ってもらったほうがスムーズにゆく。雑談のなかでその人物がどれほど信頼できるかも明らかになると春菜は考えていた。

「コレクターというほどではないのですが、気に入ったものを少し集めています。ただ、僕は日本中にテディベアがもっとひろがればいいとつよく願っています。そのための運動にも参加しています」

仁木は真剣な表情に変わって答えた。

たしか、ロバート・ヘンダーソン大佐が、テディベアを贈る振興運動のようなものをしていたことを尼子が話していた。

「どうしてそのような運動に携わっていらっしゃるのですか」

春菜は畳みかけるように訊いた。

「テディベアは素晴らしい存在だからです」

少し背を伸ばして仁木は言いきった。

「仁木さんがそのようなお考えを持つようになったのはなぜなのですか」

つよいテディベア愛はなんらかの経験から生まれたものに違いない。

春菜は仁木の愛を支えるものを知りたかった。

「僕はひとりっ子なのですが、五歳のときに幼稚園で女の子たちにいじめられて精神的にひどい状態になりました。女の子たちが僕の顔を気持ち悪いとからかうのです」

仁木は急に暗い顔に変わって低い声で言った。

「え……そんな……」

仁木の言葉は春菜には信じられなかった。目の前で話す仁木はさわやかなイケメンである。

「僕はちいさい頃には顔の色が白くて鼻のあたりに血管が透けて見えていました。そのことをからかわれたり、鼻の格好が変だと馬鹿にされたりしていました。眼も気持ち悪いと言われました。僕はすごく傷ついたのです」

仁木は暗い声で言った。

鼻が高く眼窩《がんか》が深い仁木の顔は、たくさんの男性がうらやましがるのではないか。大きい眼だって魅力ポイントだと思う。

察するに、その幼稚園の女の子たちは仁木がかわいい顔をしていたのでからかっていたのだろう。好意の裏返しだったのに違いない。幼い子はときにそうした残酷な行為を平然とする。

だが、自分の仮説を口にすることは憚《はばか》られた。仁木の表情は真剣そのものだった。安易に意見を述べてはいけないと春菜は思った。

「登園できなくなった僕は、いつもなにかにおびえているような状態でした。黒い塊のようなものに追いかけられる悪夢を毎日のように見ては泣いて起きました。寝ているときだけではありません。起きているときにも恐ろしい幻覚を見たのです」

春菜の目を見て仁木は言った。

「起きているときにも？」

思わず春菜は仁木の言葉をなぞった。

「ふだんはそんなことはないのです。でも、風邪を引いて熱を出しているときなど部屋の壁に黒いものがザザッと動いて恐ろしくて恐ろしくて……悲鳴を上げました。両親はずいぶん心配したのですが、僕はその原因を言えなかった。なにかとても恥ずかしい気がしたのです。女の子にいじめられて幼稚園に行けないなんて、男としてあり得ないと思っていました。もし父親に話したら『男のくせにだらしない』って怒鳴られそうで……」

仁木は声を落とした。

「わたしも同じ世代だと思うのですが、子どもの頃はそんな時代でしたね。最近は社会全体がそうした『男らしさ』という価値観に対して懐疑的になってきていると思うのですが……」

報道などで春菜も「男らしさの呪縛」という言葉をよく目にしている。

「そうなのか？」

康長が驚きの声を上げた。

話が逸れていかないように、康長を無視して春菜は間髪を容《い》れず次の問いを発した。

「そんなつらい記憶とテディベアがつながっているのですね」

「そうです。そんなときに母がシュタイフ社のちいさなテディベアを買ってくれたのです。母はそれほど深い意味があって買ったわけではなかったと思います。三〇センチくらいのジミーという男の子でした。高価なものではなく薄茶色のアクリル製でした」

なつかしそうに仁木は言った。

「えーと、テディベアのモフモフってアクリルなんですか？」

素朴な疑問だった。

「代表的な外皮はモヘヤというアンゴラヤギの毛を用いたものです。モヘヤは光沢が豊かで耐久性が高く『繊維のダイヤモンド』とも呼ばれるすぐれた素材です」

「ニットのセーターやカーディガンに使いますよね。わたしも一枚だけモヘヤとウールの混紡のハイネックセーターを持ってます。肌触りがいいんですよ」

ナチュラルホワイトのセーターはふんわりとかるく着心地がよく、春菜のお気に入りだった。

「そうですね。モヘヤは断熱性も高いのでセーターなどに使われますね。ほかにはアルパカを用いた高級品もあります」

「アルパカって最近人気ですよね。モフモフでおとなしくて」

首がひょろ長くやさしい目のアルパカ。春菜も一度は実物を見てみたいと思っていた。

「ええ、アルパカ牧場などもあるようですね。でも、ジミーはファーと呼ばれるアクリル素材を使ったベアでした。実はシュタイフ社のベアにはキッズやベビーというカテゴリーがあります。これらは乳児や幼児に与えるベアとしてふさわしいぬいぐるみで、すべてのベアが食品検査を通っています。ちいさい子どもはベアの手足などを口に入れる可能性がありますからね」

「たしかに小さい子はなんでも口に入れたがりますね」

春菜は大きくうなずいた。

　富山県庁に勤めている春菜の弟には娘と息子がいる。つまりは姪と甥なのだが、弟の家に遊びにいくと、彼らが積木などのオモチャを口に入れていたことを思い出した。育児に関してはなんの知識も経験もない春菜だが、この話はよく理解できた。

「輸入業者に届出の義務があり、食品衛生法上の登録検査機関に指定された機関が安全性の検査を行っています。一般的な衛生面のほか重金属、鉛、ヒ素、タール色素などさまざまな成分が残存していないか厳しくチェックして基準を満たしたものだけに太鼓判を押します。モヘヤやアルパカなどの天然素材はこうした検査をパスするのは困難な部分があります。高級ベアは大人用のコレクション・アイテムなんですね。一方、キッズやベビー用のベアは食品検査をパスしたものだけを販売しています」

「なるほどよくわかりました。それでジミーは仁木さんにとって大切な存在となったのですね」

　春菜は話の続きを訊きたかった。

「僕はジミーをいつも手もとから離しませんでした。ジミーに触れていることでなんとも言えぬ安心感を得ることができました。ジミーと出会ってから僕は日に日に落ち着いてきました。やがて、悪夢や幻覚に苦しむことはなくなりました。たまたまその時期に世田谷から横浜の港南区に引っ越すことになりました。僕をいじめていた女の子たちと別の小学校に無事に進むことができました」

「いいタイミングの引っ越しでしたね」

「賃貸マンションだったので、両親が僕のことを心配して引っ越しを考えてくれたのかもしれません……いまだに訊いてはいないのですが」

仁木はやわらかい表情で言った。どうやら仁木は両親の愛をいっぱいに受けて育ったようだ。なんとなく感じる品のよさも成育環境から来るものなのかもしれない。

「その後も僕はジミーを手放せず、ずっと手もとに置いて大きくなりました。小学校五年まではー緒に寝ていたのです。毎晩欠かさずです。そんな僕に試練がやってきました。五年生の秋に野外活動のキャンプがあったのです。宿泊体験学習というので、県北の愛川町にある《県立愛川ふれあいの村》に泊まらなければならなくなりました。同級生たちの前でベアと一緒に寝るのはあまりにも恥ずかしい。僕は困りに困りました。それまではたとえば祖父母の家に泊まりに行くときも必ずジミーと一緒でした。僕は一週間くらい掛けてジミーなしで寝るための訓練をしました。最初はベッドのなかでジミーと少し離れて寝ることに挑戦しました。夜中に淋しくて起きてしまってジミーを引き寄せたもんです。これがうまくいくと、同じ寝室でも勉強机の上に置いて寝られるように努力しました。僕は必死でした。やっぱり友だちに笑われたくなかったんですね。それで出発前になんとかジミーと別の部屋で寝ることに成功しました。このキャンプをきっかけに僕はひとりで寝られるようになりました」

ちょっと照れたように仁木は笑った。

「わたしの友だちでも、赤ちゃんの頃から同じ毛布が手放せなくて苦労したっていう女性がいました。親御さんはかなり悩んで少しずつちいさく切っていく方法で彼女を毛布から卒業させたと聞きました」

春菜自身にはそうした記憶はない。もっとも物心つく前にどうだったのかは両親に確かめるしかない。今度帰省したら母に訊いてみようか。

「ああ、そういう話は僕の友人にもたくさんいますね。ただ、テディベアは切るわけにはいかないですからね。ちいさくすることは難しいです」

「あはっ、おっしゃるとおりですね」

思わず春菜は笑ってしまった。

「ぬいぐるみや毛布、タオルなどに乳幼児が特別な愛情を注ぐ行動は、『移行対象』という概念で説明されます。とくに不安が高まったときに、乳幼児は対象物を握ったり抱きしめたりすることで精神的な安定感を得るのです」

「移行対象ですか……」

初めて聞いた言葉だった。

「マンガ『ピーナッツ』に登場するライナス・ヴァン・ペルトが手放せない『安心毛布』がいい例です」

「ああ、スヌーピーの出てくる……肌身離さずいつも毛布を手にしているチャーリー・ブラウンの親友ですね」

あの哲学ボーイの顔が春菜の脳裏に浮かんだ。

「そうです、そうです。あの子です。『過渡対象』とも呼ばれますが、古典的な心理学の概念で、イギリスのドナルド・ウィニコットによって一九五〇年代に論文で発表されました。乳児は外界のすべての存在を自分自身のものと考えており全能感を抱いています。これは精神的に常に母親に依存し常に自分の欲求が満たされている時期だからです。ところが、しつけが始まるとこの全能感は喪失します。失敗や欲求不満の体験を通じて母親に対する分離不安を抱くようになります。乳幼児はこの不安感を軽減するために母親の感覚を思い出させる移行対象に触れる行動を見せるのです。ウィニコットによれば毛布の次に選ばれるものはテディベアであることが多いとされています。さらに、やわらかい玩具から固い玩具等へと移行するのです。無理矢理取り上げることはよい結果を生まないのです。また、対象物を洗濯すると、幼児の体験の連続性に中断が起こって対象物が持つ意味と価値を破壊するおそれがあります」

仁木はさらさらと説明した。

「洗濯することもできないのですか……」

母親としては汚れや臭いをなんとかしたいと思うに違いない。移行対象はなかなか厄介なもののようだ。

「はい、この連続性はとても大切なものです。やがて母親との関係が安定すると、幼児はこのような移行対象を自然に卒業するとされています。移行対象については、たくさんの論点があって現在もさまざまな研究が続けられています」

「仁木さんは発達心理学にもお詳しいですね」

ＩＴエンジニアの仁木が乳幼児の心理に詳しいことが不思議だった。

「いえ、自分のジミーに対する思いを客観的に見つめたいと思った時期もあって、その手の本を読みまくったんです。もっともこの現象は通常は生後四ヶ月から一年くらいの間に出現するものとされていますので、五歳でジミー依存症になった僕の場合には『移行対象』とはちょっと違うように思います。でも、結果としては僕は同じような行動をとったんですね。きっかけは女の子のいじめでしたが、本質的な理由はわかりません。母はやさしい人でしたが、建築士としてある中規模事務所に勤めていて忙しかったのです。それでふれあいの時間も少なかったんだと思います。父は都市銀行に勤めていてやはり忙しかったですし、僕はひとりっ子ですから」

はにかむように仁木は笑った。

「いまもジミーくんとはなかよしなんですね？」

「はい、家で仕事するときのための机に置いています。妻も理解してくれていて変な顔は見せないのが救いです。子どもがいないのでジミーをかわいいと思ってくれているみたいです。ただ、さすがにときどき洗濯していますがね」

「素敵な奥さまですね」

仁木はよい家庭に恵まれているようだ。

「移行対象は幼児の話ですが、テディベアは大人に対してもたくさんの幸せを運んでくれるものなんです」

「あのモフモフが癒やしになりそうですね」

「その通りです。あのモフモフに触れるとオキシトシンの分泌が増加するとの研究結果があります」

「オキシトシンですか？」

春菜には聞き覚えのない言葉だった。

「はい、幸せホルモンと俗称されますが、間脳から分泌される物質です。オキシトシンには抗ストレス作用や抗うつ作用があって、その潤沢な分泌により人間は精神的に安定して多幸感を得られるのです。人間同士や動物とのスキンシップで分泌量が増えるとされています。アニマルセラピーの効能のひとつですが、同じような目的でぬいぐるみセラピーも行われています。孤独や不安を解消し自分自身を抱きしめる効果があるんです。テディベアはぬいぐるみセラピーでも主役を担うことが多いんですよ」

仁木はにこやかに微笑んだ。

春菜は自宅にぬいぐるみなどは置いていない。だが、テディベアを買って接したら、オキシトシンの力でおだやかな気持ちを得られるかもしれない。

「サンダー・コールという心理学者が、オランダのアムステルダム大学で研究した結果ではテディベアと接することで人間の死への恐怖心を軽減させることが明らかとなっています。この研究では実験参加者に死への恐怖に対するアンケートに回答してもらうという方法をとりました。参加者の一群にはテディベアの手を背中に添えながらアンケートに回答してもらったのです。すると手を添えられていなかった一群に比べてテディベアと接していた参加者は死への恐怖感がずっと少なかったそうです」

「テディベアってすごいんですね」

春菜の言葉に仁木は大きくうなずいた。

「この研究結果を待つまでもなく、欧米の人々は体験的にテディベアの持つ力を知っています。ドイツでは救急車のなかにテディベアが置いてあり、救急搬送される子どもの恐怖心を軽減することに寄与しています。また、フランスのある病院では子どもの患者に医師が手術の説明をする際にテディベアを使って説明しているそうです。詳しくは知りませんがお医者さんがテディベアになりきって説明するんでしょうかね」

「『やぁ、僕はジミーだ。君の病気は手術でよくなるよ』なんて感じですかね」

春菜が声色を使うと、仁木は声を立てて笑った。

「ははは、細川さんの吹き替えいいですね。アメリカ合衆国ではかなり多くのカウンセラーが一九八〇年代からテディベアをカウンセリングに採り入れています。たくさんのテディベアを置いてクライエントが自由に触れるようにしているカウンセリングルームは各地に存在します。ベアの力がクライエントの自分に対する愛情や自信を高めてくれる効果が期待されているそうです。医療現場ばかりではなく、合衆国では警察でもテディベアの力を借りています」

仁木は意外なことを口にした。

「え……警察が？」

黙って聞いていた康長が驚きの声を上げた。

「はい、アメリカの多くの警察ではパトカーに数体のテディベアを積んでいるのです」

「本当の話かよ」

信じられないという康長の表情だった。

「もちろんですよ。これらのベアは事故や虐待などの被害者となってしまった幼い子どもたちに、そのこころの傷を少しでも癒やすために手渡されるのです。また、幼い子どもたちに家族や友だちの死を伝えなければならないときや、家族が逮捕される場合にも手渡されます。子どもたちの動揺を少しでも軽減しようという警察官たちのこころがテディベアに込められているのです。また各警察署にも市民から寄付を募って集めたたくさんのテディベアを用意してあり、子どもの不安をやわらげるために使っているそうです」

仁木の声はやわらかく響いた。

「そりゃ素晴らしい話だな」

康長はうなり声を上げた。

春菜も驚いていた。

江の島署の防犯少年係時代には、幼児がそれほど悲惨な被害に遭う事件には出会わなかったが、子どもの犯罪被害者はこころに目には見えぬ深い傷を負う。そんな悲しみを少しでも軽減できることなら力を入れるべきだ。もちろん、個々人の警察官の力でできる話ではない。

犯罪被害者に対する警察の対応は年々力が入れられている。素晴らしい話だが、テディベアのエピソードのようなやわらかくきめ細やかな施策は講じられていない。

「合衆国では二〇〇一年の九・一一同時多発テロのときにも、全米各地からテディベアがニューヨークに集められ、多くの被害者のこころのケアに使われました」

「日本ではテディベアの力がじゅうぶんに知られているとは言えませんね」

仁木の話から得た春菜の実感だった。

子どもに対する医療や司法の場などでもっとテディベアが活用されてもいいだろうと思う。

「そうなのです。有名人のテディベア・ファンも少なくはないんですがね。俳優の谷原章介《たにはらしょうすけ》さんは二〇〇体以上も蒐集しているそうです。乃木坂46のエースだった白石麻衣《しらいしまい》さんも友だちからのプレゼントをきっかけにベア・ファンとなって蒐集しているそうです。でも、ここ一〇年ばかり、我が国のベア・ファンは減少していると考えられています。そんな時世だからこそ、僕も微力ながらテディベアの普及に力を尽くせればと考えています」

張りのある声で仁木は言った。

「捜査協力員に登録して下さったのも、そうしたお気持ちからなのですね」

「もちろんそうです。警察の皆さんがテディベアに関心をお持ちになったときに、きちんとした情報をお伝えできるかなと思いましたので」

仁木は信頼できると見て間違いないだろう。また、テディベアの力についてはじゅうぶんにわかった。本題に入っていかなければならない。

そのとき康長の電話が振動した。

電話をとった康長は、席を立って誰もいないウッドデッキの隅でスマホを耳に当てている。

「そうか、わかった」

それだけ言って電話を切ると、康長は席に戻ってきた。

目顔で話を続けるように康長は促した。

「ご協力に感謝します。まずは協力員さんにお願いしたいことからお話しします」

春菜はいつもと同じように登録捜査協力員は職務についている間は、非常勤特別職の地方公務員として扱われることを説明した。続けて、ここで聞いた話を他言しないようにとの注意事項を伝えた。

「ご心配なく。細川さんや浅野さんにご迷惑を掛けるようなことはしません」

真剣な表情で仁木はきっぱりと言い切った。

「わたしたちはいま、テディベア・コレクターの方が亡くなった事件を取り扱っています。その方について伺いたいのです。仁木さんは神保真也さんというベア・コレクターをご存じありませんか」

春菜はゆっくりと尋ねた。

「亡くなったのはその神保さんなんですね」

仁木の頰に緊張が走った。

「はい、横須賀市に住んでいて貴重なベアをお持ちでした」

「残念ながら神保真也さんというお名前は知りません」

はっきりとした声で仁木は言い切った。

日本にテディベアのファンがどれくらいいるのかはわからない。しかし、そう簡単に神保真也にたどり着けるとは春菜も考えていなかった。

「ご存じありませんか」

「僕はそれほど多くのコレクターを知っているわけではないんです」

「テディベア・ファンの方たちとの交流はあるんですよね」

「ええ、たとえば僕は《日本テディベア協会》に所属しています」

「そんな協会があるんですね」

「はい、日本テディベア協会は特定非営利活動法人ですが、テディベアに関してはいちばん大きな愛好者団体です」

「どんな活動をしている団体なんですか」

春菜の問いに仁木はスマホを取り出してタップした。

「活動目標を見ると『日本国内に広くテディベアを普及させ、テディベア作家、収集家、愛好者を育成することにより、情操教育、文化芸術振興を目指すと共に、テディベアの寄付、チャリティーなど、ボランティア活動を行うことを目的とする』となっています。設立されたのは一九九三年で一九九九年にＮＰＯ法人となりました。会報誌『Teddy Bear Voice』を発行したり、毎年コンベンションを開催したり、各種のチャリティーオークションを開催したりしています」

「大きな団体なのですか」

「企業・団体会員は七六社なのでまずまず大きな団体でしょう。でも、個人会員は一〇〇〇人ほどです。個人会員の多くはコンベンションに作品を出品したいというベア製作者の方ですね。僕は会員ミーティングにも参加することがありますが、神保という名前の方は聞いたことがありません」

「そうなんですね」

「日本にはまだ数多くのテディベア・ファンがいます。テディベアを作る教室なども各地で開催されています。ですが、日本テディベア協会に所属している個人はほんの一部です。ほかにも《シュタイフクラブ》というシュタイフ社のベア・ファンを中心とした団体もあります。また、ベア作りをする人たちに向けたパーツ販売に力を入れている《ジャパンテディベア》という団体もあります。ですが、どの団体でもファン同士の横のつながりがそれほど密接とは言えません。個人同士のつきあいはあるのでしょうけど……」

仁木は言葉を濁した。

「テディベア・ファン同士のネットコミュニティなどはどうでしょうか」

いままでの春菜が関与した事件では関係者はネットコミュニティなどでつながっていることが多かった。

「ないとはいえないでしょうが、盛んではないですね。一〇年くらい前までもう少し盛り上がっていたようですが。どういうわけかベア・ファン同士はちいさなグループ内でしか交流しない傾向がつよいようです。たとえばテディベア教室で知り合った方同士が仲よくなるというようなケースですね」

「テディベア・ファンが広範囲で結びつくということは少ないのですね」

「まぁ、僕の印象に過ぎませんが」

となると、鑑取りで神保真也の交友関係を直接洗っていくしかないのかもしれない。

春菜はいくらか落胆した。

「わかりました……ところで、仁木さんはＰＢ55という言葉をご存じですか」

春菜は質問を変えた。

「もちろんです。《マルガレーテ・シュタイフ社》、当時は《フェルト・トイ・カンパニー》ですが……シュタイフ社が一九〇二年に初めて製作したテディベアです」

仁木はパンツのポケットからメモ帳を取り出して「Plüsch Beweglich」という言葉を記した。

「Pはプラッシュ。日本語ではフラシ天と言い、ビロードの一種で布の表面に毛が立っている繊維です。ぬいぐるみの素材を表しています。Bはベヴェークリヒ。頭や手足のジョイントが可動式であることを意味します。55は体長が五五センチであることを表しています。PB55は体長五五センチの可動式ぬいぐるみを意味する型番です」

「なるほどぉ……そういう意味なんですね」

春菜は感心した。

「うーん、そうだったか」

康長は鼻から息を吐いた。

「幻のベアと言われているんですよね」

春菜の言葉に仁木は驚きの声を上げた。

「よくご存じですね」

「それくらいのことしか知らないんです」

「ＰＢ55ベアは一九〇三年にライプチッヒのおもちゃ見本市で発表されたのですが、ヨーロッパ人たちの評判はよくなかったんです」

眉間にしわを寄せて仁木は答えた。

「どうしてなんですか」

「胴体と頭、それから腕、足をつなぐジョイントが非常に壊れやすかったためだとされています。ところが見本市の最終日にハーマン・バーグというアメリカ人のバイヤーがこのベアを非常に気に入ったんです。バーグは三〇〇〇体のＰＢ55ベアを注文しました。ところが、これらのベアは合衆国に到着することはなかったんです」

「輸出されなかったんですか」

仁木は首を横に振った。

「いや、箱詰めされて合衆国行きの船に載せられたはずでした。それきり忽然と消えてしまったんですよ」

「そんなバカな話って」

「いくつかの説がありますが、海上でなんらかの事故があって三〇〇〇体とも海に放り出されてしまったというのが一般的な見解です」

「テディベアを積んだ船は沈んだのですか」

「いや、そういう記録は残っていません」

「船が沈んでいないのに、ひとつも見つかっていないんですか」

「そう、一二〇年近く一体も発見されてはいないんです。ジョイント部分が弱いという欠点のせいで、荒波にもまれて三〇〇〇体すべてがバラバラになってしまったという説もあります」

「あまり説得力がないような……」

そんなことが現実に起こるとは考えにくい。

「僕もこの考えには懐疑的なんです。出荷記録も到着記録も現存しないことから、そもそも船積みされずにドイツ国内に残っているとする説もあります。もし残っていたとすれば、一体でも大変な価値があるはずなんです」

「いったいどれくらいするんですか」

まったく見当がつかなかった。

「細川さんは、現時点で日本でいちばん高価なテディベアのことを知っていますか」

仁木は春菜の質問には答えず、別の質問をした。

「いいえ、知りません」

春菜は首を横に振った。

「伊豆テディベア・ミュージアムが所有し展示している『テディガール』と呼ばれるベアです。このベアはシュタイフ社が一九〇四年に製造したベアのなかで現存する数少ない一体です。もとの所有者は世界的に著名なベア・コレクターだったロバート・ヘンダーソン陸軍大佐でした」

「イギリスの軍人さんだった方ですね。ノルマンディー上陸作戦にもテディベアを連れていった人と聞きました」

尼子から訊いた話が役に立った。

「そうですそうです。テディガールこそ史上最大の作戦に参加したそのベアなんですよ」

仁木は弾んだ声で言った。

「一九九四年一二月のことですが、ロンドンで開かれた世界的に有名なオークション、クリスティーズで伊豆テディベア・ミュージアムが落札しました。落札価格は一一万ポンド。当時の円換算で一七〇〇万円を超えます」

平らかな声に戻って仁木は言った。

「えーっ」

「せ、せんななひゃくまんえん！」

春菜と康長は顔を見合わせた。

「テディベアブームの頃ですからミュージアムもこんな大枚をはたけたんでしょうね。アンティークベアの分野ではいまだこの価格を上回るものはありません」

「見てみたいですね」

「伊豆まで出かけて一〇〇〇円台の入場料を払えば誰でも見られますよ」

「テディベア・ミュージアムは伊豆にあるのですね」

「那須にも同じ系列のミュージアムがあります。また、蓼科《たてしな》高原、山中湖、飛騨高山、函館、群馬、新千歳空港、長崎ハウステンボスなどにも大小の博物館があります……さて、話が逸れましたが、ＰＢ55ベアが発見されればテディガールか、その数倍の価値があると言われています」

「つまり一七〇〇万円以上というわけですね」

「そうです。状態によってはもっと高い値段がつくかもしれません」

ＰＢ55ベアが非常に高額であることに間違いはない。だが一億七千万円もの動産を相続した真也にとっては驚くほどのものでもあるまい。

「別の質問になりますがＴＣＯＡという言葉をご存じですか？」

もうひとつの謎を春菜は口にした。

「ＴＣＯＡですか……」

「はい、亡くなった神保真也さんがこんなメモを残していたんです」

春菜は「ＰＢ55……ＴＣＯＡ？」の写真を仁木に見せた。

「なるほど……たしかにＰＢ55やＴＣＯＡと書いてありますね……」

仁木はしばらく考えていたが、首を横に振った。

「その言葉は聞いたことがありませんね」

「やはりご存じではないですか」

「残念ですが……」

冴えない顔で仁木は言った。

仁木から聞けそうな話はこれくらいだろう。春菜は康長に視線を移した。

康長は黙ってちいさく首を横に振った。

春菜が謝礼を述べようとしたところで、さらりとした口調で仁木が訊いた。

「どんな事件か伺ってもいいでしょうか」

康長は身を乗り出した。

「昨日の朝、神保真也さんは三浦市の海沿いの別荘で刺殺されている姿で見つかりました。捜査は始まったばかりですので、いまのところ被疑者と思われる者は浮かんできていません。

さっき細川がお話ししたように神保さんはベア・コレクターでしたので、仁木さんにお話を伺いました。さっきお見せしたPB55やTCOAのメモは事件の鍵なんです」

差し障りがない範囲で康長は説明した。

「そうだったんですね。お話し頂きありがとうございます。やっぱり僕でお役に立てることはなさそうですね」

まじめな顔で仁木は言った。

「とんでもないです。今日は貴重なお時間を頂きありがとうございました」

春菜はていねいに頭を下げた。

隣で康長もあごを引いた。

「いいえ、なんだか自分の話ばかりしちゃってすみません」

仁木は照れ笑いを浮かべた。

「そんなことはありません。大変参考になりました」

「それならいいんですが……」

「もし、なにか気づいたことがありましたら、わたしに連絡してくださいませんか」

「もちろんです」

しっかりと仁木はあごを引いた。

三人はそろって店を出て武蔵中原の駅へと向かった。

駅前で買い物をすると言う仁木と別れて春菜たちは改札を入った。

「ゆっくりメシでも食っていきたいけど、県警本部に戻らなきゃならないんだ。今夜は三崎署の捜査本部に帰れとは言われてないだけマシだけどね」

八の字に眉毛を下げて康長は笑った。

「わたしは直帰します」

春菜は弾みそうになる声を抑えて言った。

署に戻ったところで専門捜査支援班の連中は誰も残ってないだろう。

「明日か明後日はメシ食いに行こう」

明るい声で康長は言った。

「そうですね、ぜひ！」

春菜の声も弾んだ。

ふたりは上りホームに進むと、フェンスを背にして立った。

「あんまり収穫なかったですね」

力のない声で春菜は言った。

「そんなことはないさ。まず第一にテディベアのことがよくわかった」

康長の言葉は力強かった。

「わたしも勉強になりました」

たしかにテディベアに対する知識が著しく増えた。

「俺なんてさ、クマのぬいぐるみってことしかわかってなかった。だけど、仁木さんのおかげでテディベアのことがよくわかった。世界の人々がどんなに大切にしているかがわかった。とくにアメリカの警察の話はショックだった」

「わたしも驚きました」

合衆国の警察が子どもたちに対してどんなにきめ細やかな対応をとっているかは、春菜にとっても大きな驚きに違いなかった。

「第二に、仁木さんを通じてテディベア・ファンがベアに対してどんなにつよい思いを持っているのかがわかった。この思いこそが今回の事件では鍵になりそうな気がする」

康長は春菜の目をしっかりと見て言った。

「浅野さんの刑事の勘ですね」

春菜はそこまでの感触を持ってはいなかった。

「まぁ、そんなにはっきりしたもんじゃないんだけどな」

康長はちいさく笑った。

「ところで、さっきのお店で掛かってきた電話はなんだったんですか」

春菜は気になっていたことを訊いた。

「ああ、捜査本部にいる俺の部下が科捜研の分析結果を連絡してきた。現場に残されていたワイングラスから、神保真也さんの胃から検出された向精神薬と同じ成分が出たそうだ」

冷静な口調で康長は告げた。

「これで犯人がワインに混入させたことがはっきりしましたね」

「同じ銘柄の封を切っていないワインが神保さんの別荘に何本かストックしてあった。つまり、犯人が持ち込んだものではない」

「つまり、犯人は真也さんが飲んでいたワインにこっそり睡眠導入剤を混入させたんですね」

「ワインで真也さんを眠らせてから胸に針をたたき込んだという図式だな……なにが動機だったのか」

最後のほうはつぶやくように康長は言った。

「謎はまったくほどけてくれませんね」

「それから諸磯の現場付近の地取りは成果ゼロだそうだ。犯人の目撃者は見つからず、防犯カメラの映像も空振りだ」

康長は苦い顔で言った。

構内アナウンスが響き、ヘッドライトがまぶしく輝いて近づいてきた。

通勤客で混み合う車内に春菜たちは乗り込んだ。

(ベアへの思いか……)

ドア近くに立った春菜は、流れゆく中層ビルや民家の灯りを眺めながら犯人像をぼんやりとこころに描いていた。

2

翌日の午後二時少し前、春菜たちは鎌倉五山である浄妙寺《じょうみょうじ》の山門をくぐって裏山に続く道を上っていた。

梅雨入り宣言が出て、朝から細かい雨が降っていたが、幸いにも午後に入って雨は止んでいた。

目の前に煉瓦《れんが》色の西洋瓦を載せた二階建て白壁のシックな洋館が現れた。

「素敵なお店！」

春菜は思わず叫び声を上げた。

「すごい豪華な店だな」

康長も目を見張っている。

「バスのなかで調べたら、大正一一年にドイツ人の設計によって建てられた貴族院議員の住まいだったお屋敷だそうです。長いこと使われていなかったんですが、二〇〇〇年に《石窯ガーデンテラス》というレストランとしてオープンしたんですって」

春菜の説明を康長はうなずいて聞いている。

エントランスでひとりの女性が春菜たちを待っていた。

「三村千尋さんですか」

近づいていって春菜は声を掛けた。

「はい、三村です。警察の方ですね」

千尋は明るい声で訊いた。

「県警刑事部の細川です」

「同じく浅野です」

春菜たちは次々に名乗った。

「細川さんはお若いのね。まるで女子大生みたい」

「いえいえ、もうアラサーなんです」

「あら、びっくり。それにとってもかわいらしい方……おふたりとも警察の方ってイメージじゃなくて素敵ですね」

にこやかに千尋は笑った。

ちまっとしたお雛《ひな》さまのような小顔で、肌がきれいなので四四歳という年齢よりずいぶんと若く見える。ナチュラルっぽく見えるメイクもとても念入りだった。

アーモンド形の瞳にはやさしい光が宿っている。

ちいさな唇も品のよいかたちにまとまっていた。

ブルー地に華やかなペイズリー模様を描いたゆったりとした薄手のブラウスがよく似合っている。

春菜にはよくわからないが、ミラノあたりのハイブランドのような気がする。

セミロングの暗めのブラウンヘアーもとても素敵なスタイルだ。耳もとで小粒のダイヤモンドをプラチナ台に連ねたピアスが光っている。指のサファイアのファッションリングもシックだ。

全身から漂う雰囲気からひと目で裕福な奥さまとわかる。

「テラス席を予約しておきました。あちらです」

千尋は先に立って歩き始めた。

何カ所かにテディベアが飾られている店内を通って、春菜たちはひろいテラス席に出た。

紺色や緑色の布製パラソルが点々と開いている。空からは薄日が差していて天気がよくなりそうだ。

目の前にはきれいに手入れされた洋風ガーデンがひろがって植え込みには白やピンクの花も咲いている。緑の香りを乗せた風が吹き抜けてゆく。

背後の山や左右の雑木林の枝が風に揺られてさやさやと囁《ささや》いている。

まわりのテーブルでは中高年の女性を中心とした先客がお茶を飲みながら楽しげに談笑していた。

「とってもいいお店ですね」

休日にこんなテラスで文庫本でも開いたら、どんなにかこころがのびやかになるだろう。

無表情に黙っている康長の気持ちはわからないが。

「わたくしも大好きなの。予約が取れてよかったです」

嬉しそうに千尋は微笑んだ。

「わざわざご予約頂いて恐縮です」

いままで会った捜査協力員でこんなに用意のいい人物はいなかった。

「いいえ、こちらは人気が高いので予約しないと無理なんですよ」

千尋はゆったりと笑った。

三人は遅めのランチをとることにした。

メニューを見て、春菜と康長はあわてて欧風カレーを頼んでしまった。

オーダーした料理が若い女性スタッフによって運ばれてきた。

旬の野菜のピクルスとサラダ、コーヒーか紅茶がついているが、お値段は高級ホテル並みだった。

刑事の昼食としてはあり得ない金額だが、千尋の希望に応えるためには仕方がない。

そもそも雀の涙の報酬しか用意できないのだ。

千尋はローストポークのプレートを頼んだ。

カレーはまろやかで香り高くうま味たっぷりの豊かな味わいだった。サフランライスととても相性がいい。煮込んだ牛ほほ肉はほろほろとやわらかく口のなかでほどけてゆく。

フランス料理のシェフの手によるものだろう。上品な味わいがこの店にふさわしい。

「三村さんもベア・コレクターでいらっしゃいますか」

食後のお茶を一口飲んでから、ゆっくりと春菜は切り出した。

「家に多少のベアはございますけど、蒐集しているわけではありませんの。参考資料と申しますか……」

「参考資料と言われますと？」

畳みかけるように春菜は尋ねた。

「わたくし、駆け出しのベア作家なんです」

千尋はうっすらと頬を染めた。

「こちらへのご登録では主婦となっていますね」

「主婦であることは間違いないんです。兼業主婦なんです」

「そうだったんですね。お名前を存じ上げず失礼しました」

もちろん春菜は、ベア作家の名前など知らない。

「いえ、テディベア作家なんてファン以外には誰も知らない存在ですから」

謙遜しているようすでもなく千尋は微笑みを浮かべて答えた。

「はぁ……」

春菜は返事に窮した。

だが、一方でベア製作に携わる人物と出会えたことに内心でラッキーと叫んでいた。

ベアを作る側の人間の気持ちを知りたい。

「自分で作るものですから、ほかの先生方の作品を勉強のために買い集めております。夫は内科の勤務医なんですが、子どもがいないものですからわりあいと時間がございましてね」

ふんわりとした口調で千尋は言った。

たしかに彼女には、お医者さんの奥さまという雰囲気がぴったりだ。

「ベア作家さんに捜査協力員にご登録頂けてありがたいです」

お愛想でもなく春菜は言った。まさに専門家だ。

「わたくし、もっともっとたくさんの人にテディベアと出会って頂きたいと願っているんです。テディベアは多くの人に幸せを与えられる子たちだと信じています。だから、警察の募集を見てすぐにご連絡したんです」

千尋はにっこりと笑った。

「ところで、三村さんはどうしてベアの製作を始めたのですか」

やわらかい声で春菜は訊いた。

「だってかわいいじゃないですか」

「そうですね」

春菜がとまどっていると、千尋はいたずらっぽい笑みを浮かべた。

「うふふ、答えになっていませんね。実はわたくしは子どもの頃からベアが大好きなんです。両親に最初に買ってもらったのはイギリス、メリーソート社の子ども用ソフトベアでした」

「アクリルファーのベアですか」

得たりとばかりに千尋はうなずいた。

「その通りです。物心ついたときからわたくしはオフホワイトのベアと一緒でした。名前はミミという女の子です。わたくしが勝手につけた名前です。大きくなってから調べたら、チーキーベアというのが本当の名前でした。サイズは二六センチです。わたくしはできる限りミミを手放しませんでした。寝るときはぴったりくっついていました。いわゆるファーストベアです」

「ファーストベアってなんですか」

「その人が初めて手にするテディベアのことです。欧米では赤ちゃんが生まれると最初の友だちとしてテディベアを贈る習慣があるのです」

「なぜ、そんなにミミちゃんが好きだったのですか？」

質問を発しながらも春菜は愚問だと思っていた。

「わかりません。そんなこと考えもしませんでした。とにかくそばにいるのがあたりまえだったんです」

「大の仲よしだったんですね」

「はい、いちばんの友だちでした。その頃は妹も生まれておらずひとりっ子でした。わたくしは内向的だったのでしょう。幼稚園ではほとんど友だちもできず、ひとりぼっちでした」

ミミは千尋にとってなによりも大切な存在だったのだろう。

「ところが、あまりに手放さなかったために、五歳になった頃にはすっかり薄汚れてしまいました。でも、わたくしは母が洗濯することを許しませんでした」

千尋ははにかむような表情を見せた。

仁木が移行手段の中断として話してくれたことだった。

「しばらくすると、とうとう首がぶらぶらになったのです。大きな頭がいまにも取れそうになってしまいました。さすがに母親は何度も捨てようと言いました。でも、わたくしは泣いて嫌がりました」

恥ずかしそうに千尋は言った。

「お気持ちわかるような気がします」

「それでも何度も言われてある日、あきらめたんです。幼稚園から帰ってきたわたくしは『捨てようね』という母の言葉に仕方なくうなずきました。母はいいチャンスだと思ったのでしょう。さっさとミミを取り上げました。その代わりに夕飯にはわたくしの大好きな鮭のグラタンと鶏肉のミートボールを作ってくれました。それにいちごアイスもたくさん。わたくしはすっかりミミのことを忘れてごちそうに満足してテレビを見てからベッドに向かいました」

春菜にはその日の光景がありありと浮かんできた。

「あきらめることができたのですね」

春菜の問いに千尋は首を横に振った。

「いざ、寝るときになって、急に淋しくなってしまったのです。ベッドにはミミはもういません。そのことに気づいたら急に涙がこみ上げてきて……わたくしは大きな声を上げて泣きました。泣いて泣いて泣き続けていたら両親が心配して寝室に飛び込んできました。ずいぶん大きな泣き声だったんでしょうね」

千尋は笑いながら言葉を継いだ。

「びっくりする両親にわたくしは『ミミがいない』と涙ながらに訴えました。母は『だってさよならしたでしょ』となだめました。でもわたくしは『ミミがいないの。ミミがいないの』と泣きわめきました。すると両親はなにやら話し合っていましたが、父がすっと部屋から出て行きました。しばらく経って、カーディガンを羽織った父がスーパーの袋に入ったミミを連れて帰ってきてくれました。母は『ミミを連れてきたけど、明日はちゃんと洗うからね』と言ってミミを返してくれました。すでにかるく洗ってありました。でも、とにかくミミが帰ってきてくれたのが嬉しかったのでガマンしました」

「ミミが帰ってきてよかったですね」

「ええ、そのときの嬉しさはいつも鮮やかに想い出します。少し大きくなってから聞いたのですが、父はマンションのゴミ置き場に捨てたミミを拾ってきてくれたのです」

「素敵なご両親さまですね」

千尋の両親もとても愛情深い人たちだと春菜は嬉しくなった。

「ええ、ふたりともやさしかったです。共働きだったふたりですが、いまはリタイアして伊豆の下田に引っ込んでのんびり暮らしています」

おだやかな表情で千尋は言った。

「ご両親さまはお幸せにお過ごしなんですね」

「おかげさまでふたりとも楽しそうです」

「それでミミちゃんはどうしていますか」

「いまも一緒にいます。わたしがベアを作る机の横に置いてあります。きれいに洗ってアクリルケースに入れてあります」

「よかった」

しぜんと春菜の声は明るくなった。

「そもそも、わたくしがベアを作り始めたのはミミのためなのです」

口もとに笑みを浮かべて千尋は言った。

「どういうことですか？」

春菜は続きを促した。

「きれいに洗ってはありましたが、ミミはあまりにもボロボロになってしまいました。それがかわいそうでかわいそうで、なんとかしてあげたくなったのです。それで一〇年前のことです。ミミをリペアしたくてテディベアの作り方を通信教育で習い始めたんです」

「なるほど！　そういうことでしたか」

春菜は明るい声を出した。

「でも、習い始めてわかったことですが、リペアは新しいベアを作るのより難しいのです。それでわたくしは真剣にベア作りを学びました。そのうちにベア作りがとてもおもしろくなってきました。日本テディベア協会にも入会し、コンベンションの際に開かれるテディベア・コンテストにも何回も応募しました。おかげさまで、二〇一四年の第二二回テディベア・コンテストの、あるカテゴリーで賞を取ることができたんです。それから何回かコンテストで受賞することができました」

千尋は嬉しそうに微笑んだ。

「すごいです。そうしてたくさんの賞を取られた実力で、三村さんはテディベア作家となれたんですね」

千尋のように自分の「好き」を伸ばしてゆける人間が春菜にはまぶしく感じられた。

「受賞しただけで、プロのベア作家となれるわけではありません。受賞をきっかけにいくつかのテディベア・ショップにわたくしの作品を取り扱って頂けることになりました。そうしましたら、ぽつぽつと買ってくださる方が現れたのです。そうなると、コンテストで賞を取るよりもわたくしの作品を手にしてもらって喜んで頂けるほうが嬉しくなりまして、最近はショップ向けのベア作りに力を入れています」

楽しげに千尋は笑った。

「素朴な疑問なんですが、ベア作りってどんな風に行うものなんですか」

テディベアのような立体造形がどのように作られるか、春菜は知りたかった。

もし「ベアへの思い」が犯行の鍵となっているのだとすれば、その製作過程も知っておいたほうがよいと春菜は考えたのだ。

ぬいぐるみを作ったことはないが、高校生くらいまで裁縫は嫌いではなかった。

隣で康長がちいさくため息をついた。

「型紙作りは大変に難しいのですが、既存の型紙を使う場合でご説明しましょう。実はぬいぐるみの著作権はこの型紙にあるのです。まずは第一工程のパーツ作りです。型紙を厚紙に貼ってそのかたちの通りに切り抜きます。頭、胴体、手足などいくつかに分かれた型紙をモヘヤの上に置いて水性ボールペンなどでかたちを写します。このとき、モヘヤの毛の流れを見て自然な毛並みを作れるように注意します。モヘヤを線を書いた外側七ミリくらいで切っていきます」

「なぜ外側を切るのですか」

「ぬいしろを作るためです」

「あ、そうか」

うかつだった。袋状に縫うのだから当然ながらぬいしろは必要だ。

「続けて各パーツを縫い合わせます。頭なら顔の右側・左側・頭の中心の三枚です。手と足は外側になる部分と内側になる部分を縫い合わせて、掌や足の裏にはフェルトなどの別布を縫いつけます。胴体は右半身と左半身、耳は前半分と後ろ半分を縫います。どのパーツも裏返しにして縫います。ふつうはポリエステル糸で半返し縫いしますが、それぞれのパーツにあとで綿を入れるための開き口を残します。とくに胴体は後の作業のために背中いっぱいを開いておきます」

「モヘヤってアンゴラヤギの毛織物ですよね。硬いから縫うのは大変なんじゃないんですか？」

我が意を得たりとばかりに千尋はうなずいた。

「そうなんです。とても硬いうえに厚みもあります。だから、ずれないように一目一目しっかり確認して縫っていかなければなりません。一目進めて半目戻るような作業なので、なかなか進みません」

千尋はちょっと顔をしかめた。

「ふつうの布を縫うのとは違いますよね」

「はい、すごく根気のいる作業なんです。続けてパーツを裏返してモヘヤの表面を出します。ひっくり返したら縫い目をしごいてなめらかな曲線が出せるようになじませます。ここからが第二工程の綿詰め作業に移ります。ポリエステル綿を幅五センチくらいの細長い状態に切ります。この綿を袋状になったパーツに押し込むようにどんどん詰めていきます。この綿詰めこそベアのかたちを決める大事な工程なのです。とにかくパンパンになるまで詰めて、各パーツをカチカチの状態に持っていきます。初心者の頃はかなり詰めたと感じていても不じゅうぶんなことが多いのです。綿の量が少ないと、完成したときに、ベアのあちこちにへこみやゆがみが生まれてしまいます。親のカタキというくらい綿を詰めなければいけないんですよ」

声を立てて千尋は笑った。

「あはは、親のカタキですか。でも縫い目がほどけたりしないんですか」

「非常につよいポリエステル糸でしっかり縫ってありますので、ほどけることはありません。綿詰めではとくに顔が大事です。目もとや鼻先などに綿がしっかり入っていないと、後の工程で表情を作る際の刺繍《ししゅう》がうまくできないのです」

「なるほど。手を抜けないですね」

千尋は大きくうなずいて言葉を続けた。

「さて続けて第三工程です。各パーツにジョイントを取り付けます。ジョイントは既製のものを使います。ジョイントは金属製のジョイントピンとワッシャー、ウッドジョイントという中央に穴の開いた木製の輪から構成されています。まずは頭の下にジョイントを入れてから、ロウ引きのちょっと太めの糸で開き口を引き絞ります。これで頭部にジョイントをつけジョイントピンを外に出せます。腕と足のモヘヤに目打ちで穴を開けて内側からジョイントピンを外へ出します。続いて胴体のモヘヤにピンを入れるための穴を開けます。ここで手足のピンを胴体に入れて内部で固定します。まずはこれを両方向に開き、ふたつのピンの先をグルグルと巻いていきます」

「えーと、ピンの先を巻くんですか？」

春菜にはイメージがつかめなかった。

「はい、コッターキーという専用工具を突っ込んでピンの先をワラビの芽のように巻きます。

このピンの先が綿のなかでアンカーになります。だから、完成したときベアは手足を自由に動かせるようになるんですね。これをしっかりきつく巻かないと手足がユルユルになってしまいます」

「まだ頭はつけないんですね」

「はい、頭部には目、鼻、口を作ってから胴体とつなげます。顔を作るのを第四工程としましょう。ここは製作者の腕と経験とセンスが問われるところです。まずは目をつけます。目は樹脂やガラスの既製品を使うのがふつうです。使う糸はやはり強力なロウ引き糸です。また、針は長いぬいぐるみ針を使います」

「その針は……」

いきなり康長がつぶやくように訊いた。

もちろん春菜も気になったが、千尋の話を最後まで聞きたい気持ちもあった。焦る必要はないと春菜は思った。

「道具については、写真もありますのであとでまとめてご紹介しますね」

千尋はにこやかに言った。

「お願いします」

康長も千尋に従うことにしたようだ。

「ふたつの目のパーツを顔の上下どの位置に取り付けるかはベアの顔つきを決めるものすごく重要なファクターなのです。また、両目をどのくらい離して縫い付けるかでもベアの性格が変わってきます。目にはちょうど洋服のシャンクボタンのように糸を通す穴つきの足がついています。この穴に糸を通して顔の適当な位置に針を刺し、ジョイント部分から後ろ方向に針を出します。顔の部分から後頭部まで糸を引っ張るのですから、力も必要だし難しい作業です。このとき首の下あたりへ針を出すとタレ目っぽくてかわいらしい目つきが作れます。また、真下方向まっすぐに引っ張って針を出すとキョロッと丸い元気な感じの目になります」

楽しそうに千尋は言った。

「位置はもちろん大事でしょうけど、糸の引く方向でも表情が変わるのですね」

春菜は驚いて訊いた。

「繰り返しになりますが、目はベアの性格づけをするなかでいちばん大事なんです。やんちゃな子になるか、甘えっ子になるか、さみしがりっ子になるかは、おおかたは目によって決まってしまいます。ちょっとした違いが性格を変えてしまうのですから、目の取り付け作業はすごく楽しく、悩む時間なのです」

千尋は目を輝かせた。

「なるほど……ベアでも目はこころの窓なんですね」

「うまいことをおっしゃいますね。その通りです。次に鼻と口を作ろうとするあたりのモヘヤの毛をカットします。まずチャコールペンで鼻のかたちを下書きします。続けてあごの下から黒い糸などをつけた長い針を通して鼻に出して刺繍して鼻を作ります。さらに口も作ります。鼻も口も硬く綿が詰まっていると針を通すのに相当な力が必要です。指ぬきで針を押したり鉗子《かんし》で針の先をつかんで引っ張り出す必要があるほどですが、綿が硬く詰まっていたほうがよいかたちの鼻が刺繍できます。綿がゆるいとちぢんで小さな鼻や口になってしまいます。鼻と口も表情を決めるのに大変に重要です。目と鼻、口がうまく作れたらいちばんの難所を越えたと言えます。全体の工程のなかでもいちばんやりがいを感じる部分です。ここまでがうまくできると残りの作業はどんどん進みます。完成が見えてくるのです」

熱を込めて千尋は言葉を続けた。

「頭のジョイントを胴体の縫い目に差し込み、腕や足のときと同じようにピンを巻いて留めます。胴体に綿を詰めて胴体、腕、足の開き口をすべて縫って綴《と》じます。続けて耳を取り付けます。この耳の位置も意外と重要でして、下手《へた》をすると格好悪くなってしまいます。バランスをよく見て縫い付けます。これでクマさんはひとつのかたちになりました」

弾むような声で千尋は言った。

「なんだかホッとしました」

春菜の言葉に千尋はちいさく笑った。

「あとは仕上げ作業です。手足に爪を刺繍します。続けてブラシで全体の毛並みをそろえ、綿がかたよっていたら目打ちを刺して綿を少し移動させます。最後に目のまわりの毛を少しカットします。このカットは、ベアをよりかわいく見えるようにするための最終調整です。ちょっとトリマー気分です。調整を終えたら、かわいいベアくんの完成です」

千尋は満面の笑みを浮かべて説明を終えた。

春菜は思わずちいさく拍手していた。

「すごくいろいろな工程があることがわかりました。一体のベアを作るのにどれくらいの時間が掛かるんですか」

ぜひ訊いてみたかった。

「わたしは五日くらい掛けています。プロなら三日くらいで作れる人もいるかもしれないです」

さらりと千尋は答えた。

短いような長いような……だが、春菜にはまる三日もベアと向き合う根気はないだろう。

「針のことを教えてください」

ガマンしていたのか、康長がせっつくように訊いた。

千尋はうなずくと、バッグからスマホを取り出してタップした。

「これをご覧ください。そのうちベア作りのウェブサイトを立ち上げようと思って撮った写真です」

差し出された液晶画面には長短四種類の針が映し出されていた。

「これは……」

康長は言葉を失った。

春菜は息を呑んだ。

長い針は凶器に使われた針と酷似していた。

「いちばん大事な道具のぬいぐるみ針です」

ふたりの態度に気づかないようで、千尋は口もとに笑みを浮かべたままで言った。

「あの……いちばん長い針は何センチくらいあるんですか」

「これは5号針といううぬいぐるみ針です。長さは一三センチほどです。さっき説明した目を縫い付けるときや鼻や口を縫うときに使う長い針です。ほかの部分は1号針という七センチの針や九センチの3号針などを使うことが多いです」

あっさりと千尋は答えた。

「この針は容易に入手できるものなのですか」

「手芸店でふつうに売っていますよ。通販でもいくらでも買えます」

千尋の言葉を聞いた康長は急に席を立った。

「ちょっと失礼」

テラスの端の人気《ひとけ》のないところまで歩いて行ってスマホを手に取った。

「ほかの道具も見てください。これがコッターキーです」

ドライバーに似ていて、丸いシャフトの先に溝が刻んである道具が画面に映った。

「ピンの先を巻く道具ですね」

「はい、そうです。スタッフィングスティックというこの道具と一緒に綿を詰めるときにも使います」

千尋が画面を切り替えると、小さな木槌のような道具が映し出された。柄の先がマイナスドライバーのような形状をしている。

「スタッフィングスティックは、綿をなじませるためにも使います。ちなみにこの木製のものは現代の樹脂綿用です。アンティークの補修などにはこちらの木毛《もくもう》用のスタッフィングスティックを用います」

マイナスドライバーの先がふたつに割れているような道具の写真が映し出された。

「古いベアは木毛というものを詰め込むのですね」

「はい、樹脂綿のない時代ですから。丸太を裁断して作られる糸状のもので、いまでは梱包材などに用います」

「あ、見たことあります」

続けて鳥の巣に似た木の糸が映った。

高級な果物をもらったときに箱のなかに詰められていたのがこれだ。

「ほかに鉗子も使うんです」

「さっきも鉗子と言っていましたね」

画面は先の細いステンレスの鉗子に切り替わった。

「はい、もちろん医療用でなく、手芸用鉗子です。内部からなにかを引っ張り出すときに使います。そのほかにカッター、はさみはもちろん、目打ちと毛並みを整えるときには毛立てブラシを使います」

「ずいぶんたくさんの道具を使うんですね」

「はい、でもなんといっても大事なものは針ですね」

「ところで、三村さんのお作りになったテディベアを見せてくださいませんか」

千尋のベアを見てみたかった。きっと情熱あふれる作品だろう。

「ちょっとだけ見てくださいますか」

はにかむように言って千尋はスマホをタップした。

薄いベージュのモヘヤで作られた一体のベアが映し出された。衣装は身につけていない。

ぷっくりと丸顔で目のくりっとした明るい顔立ちだ。

口もとのちょっとすねたように微笑むディティールがかわいい。

思わず「どうしたの？」と抱き上げたくなる顔だ。

「かわいい！」

春菜は叫び声を上げた。

「このベアは第二二回テディベア・コンテストに入賞したヒロくんです」

素晴らしいでき映えだ。なにより顔つきがいい。

「すねてるような甘えてるようななんとも言えない表情ですね。抱き上げてあげたくなります」

「ありがとうございます」

千尋は心底嬉しそうに笑った。

「三村さんがプロになるきっかけはこのヒロくんだったんですね」

「そうなんです。わたしはヒロくんのおかげでベア作家になれました。もう一枚見てくださいますか」

遠慮がちに千尋は言った。

「もちろんです」

春菜は弾んだ声で答えた。

画面が切り替わって現れたのは、薄い空色のドレスをまとったベアだった。

「素敵っ」

「この子もコンテストに入賞したベアです。ユキちゃんと言います」

こちらはさっきのベアより白いモヘヤで、すっきりとしたスマートなスタイルだ。

頭にはドレスと共布のリボンをつけている。

細い顔立ちで鼻も口も小さめの美少女だ。

やさしそうな瞳にどこか淋しげな面影を持っている。

春菜は「こっちに来てお話ししない？」と声を掛けたくなった。

「ユキちゃんは、なんだか放っておけない。彼女とはいろいろお話ししたいです、わたし」

千尋は顔をほころばせた。

「そう言って頂けると、あらためてこの子を生み出してよかったと思います」

「三村さんのベアたちは、つよく人を惹《ひ》きつける力があると思います」

春菜は言葉に力を込めた。

「過分なお言葉を頂いて照れてしまいます。でも、とてもありがたいです。わたくしの先生はいつも『ベアは作る人のこころを映し出す』とおっしゃっています。作ったベアをほめられると、自分をほめられているような気がします」

頬を染めて千尋は言った。

「三村さんの先生はどなたなんですか」

「はい、三年前から関彩夏《せきあやか》さんという横浜にお住まいの先生に習っています。関先生はまだお若いのですが、専業でベア作家をなさっています。とてもお人柄のすぐれた素晴らしい方なんです」

千尋は誇らしげに答えた。

「失礼しました」

康長が戻ってきて席に着いた。おそらく針の件を捜査本部に伝えていたのだろう。

「ところで、プロのベア作家の方は女性が多いのですか」

春菜はなにげなく訊いた。

「やはり女性が多いですね。有名作家では吉川照美《よしかわてるみ》先生、粕谷育代《かすやいくよ》先生、加藤日砂《かとうひさ》先生、大竹陽子《おおたけあやこ》先生、やぐちせいこ先生など、まだまだたくさんの女性作家がいらっしゃいます。でも、坂田裕行《さかたひろゆき》先生、杉興安《すぎおきやす》先生、大塚勝俊《おおつかかつとし》先生など男性作家の先生もご活躍です。ドイツやイギリス、アメリカにも男性作家の先生はいらっしゃいますよ」

にっこりと千尋は笑った。

「ヒロくんやユキちゃんみたいな素晴らしいベアをお作りになったんですから、念願のミミちゃんのリペアもなさったんですよね」

「それが……いざとなると怖くて、リペアせずに飾っています。すべての糸をほどく必要がありますし……残す部分と修復パーツの間に違和感を生じさせないようにしたいのです。まだ、わたくしには難しいように思っています」

照れたように千尋は微笑んだ。

康長がかるく咳払いした。

千尋の話にのめり込んで、春菜は肝心の質問をしていないことに気づいた。

「いろいろと教えて頂きありがとうございました。大変に参考になりました。ところで、わたしたち神奈川県警は三浦市で発生したある殺人事件を捜査しています」

春菜はやんわりと事件について触れた。

「あら、怖い……」

千尋は眉間に縦じわを寄せた。

「その事件の被害者の方はベア・コレクターでした」

「それでわたくしに声を掛けてくださったのですね」

納得したように千尋はうなずいた。

「そうなのです。テディベアについてお詳しい捜査協力員の皆さまにお話を伺っています。これから少し事件に直接関係することを伺いたいのですが……」

春菜はいつものように登録捜査協力員についての注意事項を告げた。

「大丈夫です。おふたりにご迷惑をお掛けするようなことはございません」

千尋はちょっと緊張した声でしっかりと答えた。

「被害者の方は神保真也さんという二七歳の事業家だった方です。こちらの名前にご記憶はございませんか」

春菜の問いに千尋は表情を変えずに首を横に振った。

「さぁ、存じ上げません。わたくしの作品をお求め頂いた方のなかにはいらっしゃいませんね。そのほかのテディベア・コレクターの方については、よく存じません」

迷いなく千尋は答えた。

千尋も神保真也という名前は知らなかった。真也は本当に著名なベア・コレクターなのだろうか。

「実は神保さんは、胸部に針を刺されて亡くなっていました」

春菜は静かな口調で告げた。

「まぁ、恐ろしい」

千尋の眉が震えている。

「さっき三村さんが教えてくださったおかげで凶器の正体がはっきりしました」

「大変にありがたいです」

康長があっさりと礼を述べた。

「え……もしかすると……」

さっと千尋の顔色が変わった。

「はい、ぬいぐるみ針です。５号針だと思われます」

春菜はきちんと告げた。

「ひどい。ベア作りの道具をそんなことに使うなんて許せません」

いままで会話で見られなかった怒りが千尋を襲っている。

春菜は千尋が落ち着くまで待とうと口をつぐんだ。

すぐに千尋の表情はもとに戻った。

「ところで、三村さんはＰＢ55という言葉をご存じですか」

「ええ、シュタイフ社が最初に作ったベアですよね。現存していないそうですが、ドイツのシュタイフ博物館に行ったときにレプリカを見ました。創業以来シュタイフ社の本拠地となっているドイツ南部のギンゲンという街にある博物館です。ギンゲンは小さな街なのでシュタイフ一色という感じでした」

やわらかい声で千尋は答えた。

「PB55ベアは作られた三〇〇〇体が行方不明だそうですね」

「いろいろな説があるようですが、シュタイフ博物館ではフリーダちゃんという女の子とクノップくんというベアが雲のなかから現れて『消えてしまった三〇〇〇体のテディベアを探しに出かける旅』という二〇分くらいのツアー・アトラクションがあります。海のなかや北極、日本にも探しに来るんですよ。もちろんぬいぐるみランドですが」

これは初めて聞いたが、事件には関わりがなさそうだ。

「そのほかにPB55ベアについてご存じのことはありませんか」

「いえ……とくには……」

「ではTCOAという言葉はどうでしょうか？」

「初めて聞く言葉です」

千尋は首を傾げた。

「やはり、そうですか……このメモに書いてあったのですが」

春菜は「PB55……TCOA？」の写真をスマホに表示させた。

「あら、なんでしょう。このメモは？」

不思議そうに千尋は画面を覗き込んだ。

「神保さんが最後に残したメモです。いまのところTCOAの意味がわからないでおります」

「わたくしにもなんのことだかさっぱりです」

ぽかんとした顔を千尋は浮かべた。

「そうですか……。いままでお話ししたことでなにか気づいたことはありませんか」

「いいえ、とくにはございません」

「もしなにか思いつきましたら、こちらまでご連絡ください」

春菜は名刺を渡した。

「まぁ、春菜さんっておっしゃるのね。きれいなお名前ね」

名刺を見て千尋は明るい声を出した。

「ありがとうございます。菜の花の頃に生まれたんでこの名前なんです」

「わたくしもそんな素敵な名前だったらよかった」

千尋は口もとに笑みを浮かべた。

「貴重なお時間をありがとうございました。それにこちらのお店、とても素敵でした」

春菜が頭を下げると、康長もあごを引いた。

「駅までタクシーでご一緒しませんか」

千尋に誘われたので、駅まで同乗することにした。

大町《おおまち》の生地屋でベアの衣装に使う輸入生地を探してみるという千尋と別れた。

「今日もメシは無理だ。これから三崎署の捜査本部に行かなきゃならない。ちょっとコーヒー飲んでくか」

「はい、ぜひ」

康長は駅前ターミナルに面しているチェーン系のコーヒーショップにあごをしゃくった。

春菜は弾んだ声を出した。

いま五時ちょっと前だ。昨日も超過勤務だったし、本部に戻らずに直帰してもバチは当たらないだろう。

コーヒーを買ってから、春菜たちはテーブルを挟んで座った。

「収穫があったな」

コーヒーを一口飲んで康長が話を切り出した。

「ええ、凶器がわかりましたからね」

春菜の言葉に康長はあごを引いた。

「三崎署の鑑識より早く結論が出たな」

「三村さんが同じ種類の針を使っているとは驚きました」

「あんな長い針は見たこともなかった。あの針がベア製作者のなかでは必須の道具とは思わなかったな。神保真也さんの別荘からも自宅からもベア製作に使うような道具や材料は見つかっていないそうだ」

「というと、つまり……」

釣り込まれるように春菜は言った。

「凶器の針は犯人の持ち物と考えたほうがしぜんだ。要するに犯人はベア製作をする者である可能性が高いと思う」

「三村さんのようにベアを作っている人ですか」

「まぁ、あの奥さんは虫も殺さない感じだけどな」

まじめな顔で康長は言った。

「たしかに……」

「なんだか、今回はいつものヲタク調査員とは雰囲気の違う連中だな」

康長はのどの奥で笑った。

「そうですね、仁木さんも三村さんもとても品のいい方でしたね」

「まったくだ。ベアの話を長々しているときにも、なんだか牽制しにくくてな。ついついいろいろと聞いてしまったよ」

今回の康長はいつになくおとなしく聞き役ばかりだった。

「浅野さんはテディベアに興味があるんですか」

「そんなわけないだろ……調査員たちが真摯《しんし》だったからな」

康長は考え深い顔つきで言った。

「わかります」

「そうなんだ。テディベアが好きなだけじゃなくて、世間にきちんと伝えていきたいという思いがつよいと感じたな。ベア・ヲタクってのは自己完結してないのかな……」

あごに手をやって康長は言った。

「そう思います。ベアの魅力をみんなに広めたいって気持ちでいっぱいでしたね」

春菜も同じ気持ちだった。

「そこなんだ……やっぱり俺はベアに対する思いが今回の事件と深い関わりを持つと思う」

康長は昨日と同じことを繰り返した。

もう一度春菜はその言葉を胸にしまい込んだ。

「三崎署遠いんですよね」

火曜日は諸磯の現場までかなりクルマに揺られた。

「いや、鎌倉からだと一時間くらいだ。久里浜《くりはま》まで横須賀線で行って、そこから京浜急行で終点の三崎口だ。そこからバスで数分ってとこだね」

「意外と近いんですね」

「ああ、八時から捜査会議なんだよ。管理官が顔出せって仰せでね」

康長は苦笑いした。

「今日も直帰します。ごめんなさい」

春菜はちょっと気が引けて頭を下げた。

赤松班長からは帰ってこいとは言われていない。

「そんなこと気にすんな。俺たちの仕事は早帰りできるときにはさっさと帰るもんだよ」

「そう言って頂けるとホッとします」

「そっちの班みたいに自由に帰れるのは珍しいけどな。じゃ出るか」

春菜たちは店を出て鎌倉駅の改札へと向かった。

久里浜へ向かう康長と別れて、春菜は上りホームへの階段を上がった。

横浜へ向かう横須賀線の電車は空いていた。

線路際に建っているいくつもの民家を抜けると、寿福寺、英勝寺という古寺の緑が続いた。近くで茶会でもあったのか、斜光線を浴びた和服の女性たちが歩く姿が鎌倉らしい。

見るともなく車窓の景色を眺めながら、春菜は今回の事件のことを考え続けていた。

凶器がぬいぐるみ針であることとＰＢ55の意味はわかったが、ほかはなにひとつ見当がついていない。ＴＣＯＡの言葉は仁木も三村もわからないと言っていた。

テディベアへの思いが事件の鍵になりそうだとは、康長同様に考えていた。

だが、その思いがどんなものかは見当もつかなかった。

電車の揺れが心地よくていつの間にか春菜のまぶたは閉じていた。

3

週末金曜日の午後四時に春菜と康長は山下公園に足を運んでいた。

どんよりと曇ってはいるが、昼前から雨は降っていない。

約束した「水の守護神像」の噴水に向かって春菜たちはゆっくりと歩み寄っていた。

姉妹都市であるカリフォルニア州のサンディエゴから友好の象徴として昭和三五年に横浜

市に寄贈された石像である。

　噴水を囲む広場に入ると、ベンチには楽しそうに語らうカップルや休憩中のサラリーマン、ぼんやりと海を眺める老人などの姿が目に入ってきた。

　ベンチから立ち上がったひとりの男が声を掛けてきた。

「県警の方だね。連絡頂いた河野だが」

　半白の髪に細長い顔の小柄な男だった。

　ラウンド型の縁なしメガネと口ひげが知的な顔によく似合っている。

　六四歳ということだが、年齢よりいくらか老けて見える。

「はい、刑事部の細川です」

「同じく浅野ですが、よくわかりましたね」

　浅野の問いに、河野は口もとをひょいと上げた。

「わかるさ。時間ぴったりだし、あなたたちの目は誰かを捜していた。仕事をサボりにきたとも思えなかったからね」

「驚きました。お時間を頂戴して恐縮です」

　河野はどこか気難しそうな男だ。春菜はしっかりと頭を下げた。

「ロクに仕事もしていない身にはちょうどいい暇つぶしだよ」

河野は自嘲的な口ぶりで答えた。

「はぁ……なるほど……」

春菜はなんと答えてよいのかわからなかった。

ライトブルーのオックスフォードシャツにネイビーのサマージャケットを羽織っている。ボトムは白いチノパンで、白紺のサドルシューズで足もとを固めている。

胸にパフに飾ったポケットチーフがおしゃれだ。

河野はひと目見て富裕層とわかる雰囲気を漂わせている。

名簿には会社役員とあるが、それほど忙しくないのだろうか。

「あの船を見たまえ」

いきなり河野は右手の青々とした海を指さした。

「氷川丸ですか」

横浜に来て日の浅い春菜も、この歴史ある船が氷川丸という海洋博物館であることは知っていた。

「昭和五年というから九〇年もむかしにあの船は竣工した。太平洋戦争時に病院船となったり戦後は復員船ともなった。だが、戦前・戦後と長らく北米シアトル航路で太平洋を横断してきた貨客船だ。チャーリー・チャップリンをはじめとした多くの著名人が船客となったが、あの船はまたテディベアもアメリカから運んできたのだ」

話が唐突にテディベアに振られたので春菜は少し驚いた。

「貨物としてですか」

「もちろん輸入したベアもある。さらに合衆国から訪れた乗船客のなかには愛するテディベアを手にして退屈な船旅の友とした者も少なくなかったのではなかろうか」

「あの船でやってきたテディベアも多いのですね」

楽しくなって春菜は明るい声で答えた。

「氷川丸は一例だよ。反対側を見てみなさい」

河野は大《おお》さん橋《ばし》へと視線を移した。

白い優雅なカーブを描く巨大な客船はクルーズ船の飛鳥Ⅱだった。

「大さん橋はまさに横浜港の歴史だ。一九三〇年代から日本もヨーロッパも新型船の建造が相次ぎ、あの桟橋にはアメリカ航路、ヨーロッパ航路、ロシア・ソ連航路など世界中の港と日本を結ぶ大型船が入出港してきた。戦争中を除き、昭和四〇年代までこの横浜港はテディベアが日本にやってくる窓口だったはずだ」

歯切れのよい口調で河野は言った。

「おっしゃるとおりですね」

現在、どういう経路でテディベアが我が国にやってくるのかは知らない。

だが、河野の言葉のように、ドイツやイギリス、アメリカなどで生まれたテディベアは、かつては横浜や神戸から日本にやってきたに違いない。

「海風が少し冷たいな。茶でも飲みにいこうか」

いきなりきびすを返すと、河野は山下公園通りへと早足で歩き始めた。

春菜と康長はあわててあとを追った。

通りを渡った河野はそのまま目の前の《ホテルニューグランド》に入っていった。

ドアマンは白い官帽をかぶり、金のエポレットをつけた白い制服を着ている。

なんとなく客船の高級船員の制服を思わせる。

「すごいっ！」

昭和二年に建造された五階建ての本館に入った春菜は思わず声を上げた。

目の前の大階段は、黒い燕尾服の紳士とイブニングドレスの淑女がいまにも現れそうな優雅さを持っていた。

ささっと調べたら『ＴＨＥ　有頂天ホテル』や『華麗なる一族』などたくさんの映画・テレビのロケにも使われた横浜の顔だそうだ。

近くに勤めていながら、春菜がここに立つのは初めてのことだった。

河野が選んだのは、右手の一八階建てタワーでなく、本館一階のロビー・ラウンジだった。紺と金色のじゅうたんが敷き詰められたウッディでクラシカルな広いスペースだ。クラシックホテルの魅力を手軽に味わえるカフェだ。

グレーの制服を着た女性スタッフによって春菜たちは窓辺の席に案内された。

白い格子窓からは緑の西洋庭園が見えている。

あちこちに置かれたフラワーポットには赤いバラが咲き、中央では噴水が小さな音を立てていた。

「うーん、まぁ、そうだよな」

椅子に座った康長はちらりとメニューを見て低くうなり声を漏らした。

ケーキセットが二〇〇〇円強だから、このラウンジの素晴らしさを考えれば激安だと思うのだが……。

結局、春菜はいちごのムースと紅茶のセット、康長は単品のコーヒーをオーダーした。

「わたしは一杯飲ませてもらいたいのだがね。ああ、心配しなくていい。自分で払う」

あたりまえのように河野は言った。

春菜と康長は顔を見合わせた。

「河野さんは職務についている間は、非常勤特別職の地方公務員として扱われます……」

いつもの説明を春菜は始めた。

「わたしは公務執行中というわけか……では、酒気帯び勤務という違反を理由に、あとで懲戒免職にしてくれたまえ」

河野はおもしろそうに笑った。

いまここで協力員を辞めると言われても止める力はない。

「いいでしょう。好きなものを注文してください」

康長は平板な口調で答えた。

捜査協力員から聞いた内容は捜査に役に立てることはできる。が、そのままでは証拠として採用するわけにはいかない。証拠として採用するなら、あらためて事情聴取する必要がある。

結局、河野は白のグラスワインとミックスサンドウィッチをオーダーした。

オーダーを済ませて春菜たちと河野は名刺交換をした。

——株式会社　ローゼンベルク　取締役会長　河野道雄

左下には中区内の住所と電話番号やメールアドレスが記されていた。

「経営者さんでいらしたのですね。どんな会社か伺ってもいいですか」

春菜はやんわりと切り出した。

「食品や雑貨を輸入しているちいさな貿易会社だよ。主な取引先はドイツとオーストリアだ。昨年、経営権は長女に委譲してわたしは楽隠居だがね」

声を立てて河野は笑ってから春菜たちの名刺を覗き込んだ。

「直接のご担当は細川さんだね。捜査指揮・支援センターの専門捜査支援班か。そんなポストが県警刑事部にあるとは驚くね」

たいして驚いていないようすで河野は言った。

「捜査のために各専門家のお話を伺うセクションです」

「わたしはテディベアのファンだが専門家ではないがね。ほう、浅野さんは捜査一課の警部補さんか。優秀な刑事さんというわけか」

河野は康長の顔を見て言った。

「恐れ入ります。長らく刑事をやっています」

オーダーしたメニューが次々に運ばれてきた。

「わたしはね、テディベアというのは素晴らしい文化だと思ってるんだよ。だから、警察にもベアを理解してもらったらいいと思って協力員に登録した」

グラスを手にしながら、ゆったりとした口調で河野は口火を切った。

「昨日と一昨日、ベア・ファンの方とベア作家の方にお目に掛かっていろいろなお話を伺いました。それでテディベアの素晴らしさを勉強しました」

春菜は言葉に力を込めた。

「テディベアは一世紀を超えて世界中のあらゆる人々に愛され続けている。多くの理由があるとは思う。が、いちばん大きな理由は見る者、接する者に精神的な癒やしを与えることだ」

「よくわかります」

「では、人間はなぜテディベアに癒やされると思う？」

いきなり質問されて春菜はとまどった。

「よくわかりません」

正直に答えるしかなかった。

「ほとんどのテディベアは微妙な表情しか持っていない。答えはそこにある」

威厳のある口調で河野は言った。

「え……」

「ベアの無表情は、見る者のこころの状態によって見え方が変わるのだ。幸せな者が見ればベアは微笑んで喜びを共にしているように見え、悲しみに暮れている者が見ればベアも一緒に悲しんでいるように見える。ベアはいつも接する者のこころに寄り添うんだ。だから、ベアに接する者は癒やしを得られるんだ」

「なるほど、そうなんですね」

春菜はかるいショックを受けていた。

昨日、千尋が作ったベアたちから受けた印象も、春菜自身のこころが作っているというのか。

ヒロくんのすねているような甘えているような表情も、ユキちゃんのどこか淋しげな面影も春菜の精神状態によるものなのか。

千尋の師の関彩夏というベア作家は『ベアは作る人のこころを映し出す』と言っていたそうだが、一方で『ベアは見る者のこころを映し出す』ものでもあるのだ。

「わたしはね、ベアと能楽との関係を考えているんだ」

河野の言葉の意味が春菜にはわからなかった。

「はい？　お能のことですか？」

素っ頓狂な声で春菜は訊いた。

「そうだ。能面はベアと同じくほとんど表情を持たない。正面を向いていれば、いわゆる能面のような表情となる。面を曇らせる、面を照らすという言葉を知っているかね？」

　口もとにかすかに笑みを浮かべて河野は訊いた。

「ごめんなさい。わたしお能って一度しか見たことなくって……」

　春菜は少し照れて答えた。

　高校時代を過ごした高岡市には瑞龍寺《ずいりゅうじ》という国宝や重文を多数持つ曹洞宗の寺院がある。加賀藩の二代藩主である前田利長の菩提寺《ぼだいじ》として三代利常によって江戸初期に建立された七堂伽藍《がらん》の大寺院である。

　瑞龍寺では三〇年来、夏の終わりに境内に作られた舞台で薪能《たきぎのう》を上演している。

　大学時代の帰省中に、春菜は高校の友人に誘われて一度だけ薪能を見た。

　だが、上演された演目もよく覚えていない。

　実を言えば、誘ったのは高校時代から春菜に好意を持っていた男性だった。彼は薪能が終わった後に春菜に告白した。だが、春菜は友人以上の気持ちを持てずに、告白につれない返事をしてしまったのだ。そんな感情の揺れがあったために、せっかくの能舞台のことはすっかり忘れてしまった。

　ちなみに、その男性はいまは高岡市役所に勤めて家族も持っている。

「俺も能のことは知らないなぁ」

康長の言葉で春菜は我に返った。

「そうかね……面を曇らせるというのは、面を下に向ける所作を言う。また、面を照らすというのは逆に上に向ける所作を指す。曇らせると憂い顔や泣き顔の表情を表現することができ、照らすと明るい表情や微笑みを表現できる。さらに角度をつけると遠くを眺めるような表現となる」

淡々と河野は説明した。

「まったく知りませんでした」

春菜には河野が言いたいことがなんとなくわかってきた。

「ベアは無表情によって見る者のこころを映すが、能面は無表情をわずかに動かすことで演者のさまざまな内面を表現できるのだ。笑い、恐怖、怒り、喜びなどの明確な表情の面は、それぞれほかの表情を表現できない。無表情というものは無限の表情を作り出すことができるものなのだ」

河野が熱っぽく語る言葉はなんだか哲学的だった。

「難しいですが、わかるような気がします」

春菜はそんな風にしか答えられなかった。

「テディベアの癒やし効果の話に戻るが、世界でさまざまな研究が行われているんだ」

河野はわかりやすい話に戻してくれた。

「欧米では熱心に研究されているんですよね。ほかの協力員さんからオランダのサンダー・コールという心理学者の研究の話を伺いました」

一昨日に仁木から聞いたばかりだ。

「欧米ばかりじゃない。我が国でも研究されているよ。たとえば、白百合女子大学教授で医学博士の宮本信也教授は発達障害や心身症を専攻している研究者だ。また筑波大学附属病院にも勤務してADHDに詳しい小児科の名医として知られており、日本小児精神神経学会の理事長もつとめている。宮本教授は、テディベアの小児患者に対する癒やし効果について臨床研究を行って、その効果を実証しているんだ」

「日本でも!」

信頼できる医学者もテディベアの効果を認めているのか。

「二〇〇七年にはこの実験に協力した日本テディベア協会から筑波大学附属病院小児科の患者である子どもたちに一八〇体のテディベアがプレゼントされたんだ」

「素敵なお話ですね」

「非営利団体はテディベア協会だけだから。まぁ、わたしも会員ではあるがね」

「河野さんもテディベア協会の会員でいらっしゃるんですね。ほかの会員の皆さまとのおつきあいはありますか」

春菜は言葉に期待をにじませた。

「いや、親しい者はいないな」

「いませんか」

「ああ、わたしは会費だけを払っている幽霊会員だからね」

低い声で河野は笑うと、春菜の目をじっと見た。

「ところで、なにか事件が起きたからわたしに連絡してきたのではないのかね」

河野は険しい表情に変わっていた。

「はい、実は火曜日の朝、三浦市で神保真也さんという二七歳の男性が刺殺体で発見されるという事件が起きました。神保さんはテディベアのコレクターでした。河野さんは神保真也さんの名前をご存じありませんか」

春菜の問いに河野は首を横に振った。

素っ気ない調子で河野は答えた。

やはり、ベア・コレクターとしての真也の名は知られていないのか。

「だが、神保国雄《くにお》という男なら知っている」

河野は春菜の目を見てかすかに笑った。

「国雄さんは慶一さんと真也さんの父親だ」

康長が言葉を発した。

「ふたりのお父さん……」

春菜はちいさくうなった。

思いもしないところから神保兄弟につながった。

「息子の名前までは知らないが、神保国雄氏は有名なベア・コレクターだった。残念ながら、去年心筋梗塞のために七七歳で急死した。わたしは郵便で香典を送っただけで葬式に行かなかったがね。国雄氏は価値のあるベアをいくつも保有していた。おそらく日本でも何人というレベルだっただろう。しかもベアに対する知識も豊富でテディベア文化に対する深い理解者だった。彼は財産的価値を目的にベアを蒐集していたのではない。だから、必ずしも高価でなくとも、彼自身がテディベアの歴史の上で価値があると判断したベアは買い入れていた。シュタイフ社やメリーソート社などの初期のベアはもちろん集めていた。だが、非常に興味深いのは彼自身の判断基準で価値があるかどうかを決めて購入していたことだ。シュタイフ社は歴史上一〇〇〇種類以上のベアを送り出している。その中で、国雄氏はカール・ラガーフェルドが二〇〇八年にデザインしたベアも購入している」

河野はさらっと言ったが、春菜は耳を疑った。

「え……カール・ラガーフェルドっていったらシャネルやフェンディのヘッドデザイナーをつとめたモード界の重鎮ですよね」

ファッションにそれほど詳しくない春菜でも、さすがに白髪のポニーテールとサングラスがトレードマークのイケメンじいさんの名前は知っていた。そんなシグネチャーブランドの一流デザイナーがテディベアのデザインを手がけているとは思いもしなかった。たしか昨年亡くなったはずだが……。

「そう。モードの帝王だよ。ガブリエル・シャネルの死後、低迷していたシャネルを再構築したシャネル中興の祖だ。世界一多忙で偉大なファッションデザイナーと呼ばれたこともある。黒いジャケットとパンツで白い四〇センチのベアだが、モノトーンのシャツにブラックタイとサングラス。まるでカール・ラガーフェルド本人をベアにしたような製品だった」

「えー、ぜひ見てみたいです」

「日本玩具文化財団編著の『シュタイフテディベアの世界』という写真集に掲載されているよ。二五〇〇体の限定ベアだが、発売当時の価格は一五〇〇ドルだった。いまでは数十万でも買えないだろう。国雄氏はベアの財産価値にはこだわらなかったんだ」

「国雄さんは、カール・ラガーフェルドが手がけたことに意義を見出していたんですね」

「シュタイフ社がジャン＝ポール・ゴルチエにデザインを依頼して二〇〇五年に二〇〇五体、

限定販売したベアも購入していたな」

「ジャン＝ポール・ゴルチエもテディベアのデザインをしていたんですか」

またまた驚くしかなかった。

ジャン＝ポール・ゴルチエは一九八〇年代には、フランスファッション界の中心を担ったデザイナーだ。メンズスカート、ボンデージ・ファッションなどを提案してファッション界の異端児とも呼ばれた。エルメスのレディース・プレタポルテのデザイナーもつとめていた。

「有名なマリンボーダーのシャツにダブルのウール・ジャケットを羽織ったベアで、全長は三五センチだ。いま買っても十数万程度で買えるのではなかろうか」

「やはり、国雄さんの目的は財産価値ではないのですね」

「そうだ。しかしシュタイフ文化を知る上では貴重なベアとなるだろう」

河野は静かに言った。

「それにしても、超一流のファッションデザイナーたちがテディベアを手がけているんですね」

彼らはどんな気持ちでデザインに取り組んだのだろう。

「国雄氏のコレクションとは関係ないが、ファッションブランドが発売しているテディベアは珍しくもないんだよ。たとえば、シュタイフ社はティファニー＆Ｃｏ．とコラボベアをいまも発売している。このベアは掌や足の裏がティファニーブルーなんだ」

おもしろそうに河野は笑った。

「あ、ほんとだ」

ティファニーブルーの掌にはなんとなく違和感を覚える。

「ポロのセーターを着たラルフローレンのベア、全面にFFロゴが配されたフェンディのベア、ロンドンの高級百貨店ハロッズのベアなどブランドとのコラボベアはいくらでもある。だが、国雄氏は興味を示すことはなかったな」

「河野さんは国雄さんと親しかったんですね」

「親しいというほどではなかったかもしれない。わたしよりずっと歳上だったしね。彼もわたしもテディベアのイベントなどに顔を出すことはなかったからな。ただ、オークションで偶然に会って言葉を交わすようになってテディベアの話を肴《さかな》に飲んだり、何回か会ったりしたくらいの仲に過ぎない」

河野は低い声で笑った。

「オークションですか」

テディベアもリアルオークションでさかんに取引されるのだろうか。ネットオークションにならいくらか出品されているだろうが。

「ああ、ニューヨークのサザビーズやフィリップス、ロンドンのクリスティーズなどで何度か会った。日本人のバイヤーはそれほど多くないのでね。やっぱり親しくなる」

そう言えば、伊豆テディベア・ミュージアムがテディガールを落札したのは、クリスティーズだと仁木が言っていた。

サザビーズも名前くらいは知っていた。

「ほう、サザビーズでもテディベアは取引されているんですね」

康長は驚きの声を上げた。

「そうだ。サザビーズはおもにアンティークベアのオークションが中心だ。ところで、世界一高価に取引されたテディベアを知っているかね」

おもしろそうに河野は訊いた。

「はい、ほかの協力員さんから伺いました。ロバート・ヘンダーソン大佐の愛用していたテディガールですよね。一七〇〇万円で伊豆テディベア・ミュージアムが落札したんですよね」

春菜は仁木から聞いた話を口にした。

だが、河野は静かに首を横に振った。

「たしかにテディガールはアンティークベアとしては最高額で落札された。だが、最初からオークションに出品するために作られたベアもある。そのなかで最高額で落札されたのはシュタイフ社とルイ・ヴィトンがコラボした『シュタイフ・ルイ・ヴィトン・テディベア』だ」

「ヴィトンですか。するとあのモノグラムがあしらってあるんでしょうか」

「そうだ。このベアはルイ・ヴィトン特注のベレー帽、コート、トランクなど、ルイ・ヴィトンの旅行用品を完全に身につけているんだ。もちろん、すべてにあのモノグラムが散らしてある」

「ほしい人が世界中にいそうですね」

春菜は買いたいとは思わないが、ヴィトンのモノグラム・テディベアであれば買いたい人はたくさんいるだろう。

「そうはいかない。なにしろこのベアはたった一体しか作られなかったからな。二〇〇〇年にモナコで開催されたオークションに出品されたが、そのときの落札額は二一〇万ドルだった」

河野は声を張った。

「えーと、二一〇万ドルというと……」

一瞬、計算ができなかった。

「当時の換算レートは一ドルが一〇七円くらいだったから、日本円では二億二千四百万円を超えるな」

表情を変えずに河野は言った。

春菜と康長は顔を見合わせた。

「におくえん！」

春菜と康長は同時に叫んだ。

「サラリーマンの生涯給与と聞いたことがありますね。俺はそんなにもらえないだろうな」

康長があきれ声で言った。

「あの……一体のお値段なんですよね？」

わかっているつもりだったが、春菜はしつこく念を押した。

「もちろん、一体だ。わたしは写真でしか見たことがないが、このベアにはダイヤモンドやサファイヤ、ゴールドがふんだんに使ってあるそうだ。落札したのはジェシー・キム氏という韓国の富豪で、現在は済州島《チェジュ》のテディベア・ミュージアムに展示してあるそうだ」

淡々と河野は言った。

河野の話はおもしろいが、いつまでもベア談義だけを続けているわけにはいかない。

「話は変わりますが、河野さんは国雄さんのコレクションをご覧になったことがあるんですか」

「うん、二度ほど国雄氏の鎌倉の自宅に行って見せてもらったことがある。三〇〇体はあったと思うな」

河野の言葉に春菜は驚いて訊いた。

「ちょっと待ってください。神保国雄さんのベア・コレクションは一〇〇体程度ではないのですか」

だが、河野は首を横に振った。

「いや、一〇〇なんて数ではなかったはずだ」

「わたしたちはコレクションを相続した真也さんの自宅に見に行ったんですが、間違いなく一〇〇体くらいでした」

どう考えても三〇〇体などという数はなかった。

「そうか、では相続した息子が売却したんだろう。コレクションの散逸は大変に残念だが、相続に伴ってバラバラになるのはよくあることでね。全世界でしょっちゅう起こっていることだ。部外者の我々にはいかんともしがたい」

力なく河野は言った。

コレクションを売却したのは真也なのだろう。慶一はベア・コレクションにはあまり興味がなさそうだった。

春菜は質問を変えることにした。

「ＰＢ55という言葉をご存じありませんか」

「もちろん知っている。シュタイフ社が初めて製造したテディベアだ。一九〇三年にライプチッヒのおもちゃ見本市で発表された。ハーマン・バーグというアメリカ人のバイヤーが三〇〇〇体を注文した。だが、この三〇〇〇体は合衆国に到着しなかった。海の藻屑と消えたというのが通説だ」

やはり河野は知っていた。だが、ここまでは春菜も知っている話だ。

「いくつかの説があるそうですね。わたしは知らないのですが……」

春菜は水を向けた。

「ひとつの説があるが聞きたいかな」

河野は意味ありげに笑った。

「もちろんです。お話しください」

春菜は頭を下げた。

「シュタイフ社は三〇〇〇体を失ってからあらたに四〇〇〇体のＰＢ55を製作した。ぜんぶで七〇〇〇体だ。シュタイフ社の本拠地ギンゲンは臨時に雇われた女性たちが街のあちこちでベアを作る姿であふれたという。その四〇〇〇体は合衆国に送られて、ロシア移民のモリス・ミットム夫妻がアメリカで起業した《アィディアル社》製ベアと相まって大ブームを巻き起こした。受注が殺到したシュタイフ社はベアに改良を加えた。わずか四年後の一九〇七年には九七万個のテディベアを製造し、四〇〇人の従業員と一八〇〇人の内職者を雇用するほどの企業に成長した。これは後から送られた四〇〇〇体のベアがあったからこその成長だ」

河野は言葉に力を込めた。

「その説は説得力がありますね」

春菜はうなずいた。

「海を渡った四〇〇〇体のPB55はジョイントが弱いためにあまり長い時期は保《も》たずに破損して合衆国内で捨てられてしまった。それがために現存していない。問題は消えた三〇〇〇体のベアだ……この三〇〇〇体のベアはキルステンという男が率いる窃盗団が積み出し港から自分たちの船に積み替えて奪ったという説がある」

「本当ですか」

「あくまでも説に過ぎない。キルステンの窃盗団から三〇〇〇体を買い取ったのは裏社会のバイヤー、ハンス・トイフェルという男だった。トイフェルは合衆国でのブームを知って闇ルートから売りさばこうとしたが、急に病死してしまった。結果として、三〇〇〇体はバルト海沿岸のキールという港町で長らく眠ることになった。その後の経緯はわからないが、一九六〇年代にパリの闇オークションに数体のＰＢ55が出品されたという。数体はそれぞれ二千万円ほどの価額で落札されて世界に散った。コレクターたちが秘蔵したんだ」

河野は淡々と話したが、驚きの内容だった。

「闇オークションなんてものがあるんですか」

テレビドラマやアニメなどでは見たことがあるが、実在しているとは知らなかった。

「世界中にあるさ。とくにニューヨークやロンドン、パリ、モナコなどオークションの本場にある。高額な盗品を中心としたオークションさ。一部の富裕層にひそかに招待状を送っているそうだ。もちろんわたしなどの貧乏人には縁のない話だ」

自嘲的に河野は笑った。

サザビーズやクリスティーズにバイヤーとして参加する河野が貧乏人だとしたら、春菜たちはどうなるのだろう。

「世界にはどんな闇オークションが存在するのですか」

春菜の問いに、河野は微妙な顔つきで答えた。

「噂で聞いているだけの話だが……ニューヨークのＳＳＡとロンドンのＴＣＯＡという名前

は聞いたことがある」

春菜は我が耳を疑った。

「いま、なんとおっしゃいましたか」

息せき切って春菜は訊いた。

「ああ……ニューヨークのSSAとロンドンのTCOAと言ったが、それがどうした？」

河野は春菜の勢いに気圧《けお》されて答えた。

「これを見てください」

スマホを取り出した春菜は「PB55……TCOA？」の写真を掲げてみせた。

「これはなにかね？」

不審げな顔で河野は訊いた。

「神保真也さんが最後に残したメモです」

春菜は河野の目を見て告げた。

「そうなのか……」

河野はのどの奥でうなった。

「どんな意味かわからずに困っていまして」

「もしかすると……『PB55をTCOAに出品するか』あるいは『PB55はTCOAに出品

される か』このいずれかではないだろうか」

考え深げに河野は言った。

「なるほど！」

春菜は耳の後ろにぞくっときた。

「うーん」

康長はうなり声を上げた。

「わたしの勘では、前者の『ＰＢ55をＴＣＯＡに出品するか』という意味のような気がする。だが、そうだとすると、国雄氏の息子はＰＢ55を所有していたことになる。最低でも二千万円は手に入るだろう。金が必要な人間ならＴＣＯＡで売り払ってしまいたくなるだろう」

河野はしたり顔で言った。

「ではＴＣＯＡは実在するんですね」

こわばった声で康長は訊いた。

「まぁ、そのようだな」

とぼけた声で河野は言った。

闇オークションは違法な存在だ。春菜たちが警察官だけに、あえてその実在をぼやかしたのかもしれない。

「河野さんに迷惑を掛けるようなことは絶対にありません。ＴＣＯＡについて教えてくだささい」

康長は厳しい声音で言った。

「わたしは断じて縁がないとお断りしておく。だが、ロンドンで不定期に開催される実在のオークションだ。オークショニアーが何者なのかは明らかにされていない。ハイドパークに隣接するナイツブリッジ地区に本拠地があるらしい。ハロッズ百貨店もあるロンドンの高級ショッピング街だ。オークションがロンドンのどこで開催されるかはわからない」

「ＴＣＯＡってなんの略称なんですか」

春菜は素朴な疑問をぶつけた。

「The Chosen One Auction……『選ばれし者のオークション』という意味だそうだ。わたしはそれ以上詳しいことはなにも知らない」

ずいぶんと気取った名前には違いない。

「国雄さんにはＴＣＯＡから招待状が届いていたのでしょうか」

「あり得るな。国雄氏はわたしとは比較にならないほどの金持ちだったからな」

河野は唇をゆがめた。

「では、次男の真也さんがＴＣＯＡと関係があることも……」

「それもあり得る。だが、国雄氏の息子さんがバイヤーかセラーかはわからない。もし真也氏がPB55を所有していてTCOAで売り払いたかったセラーだとすると、彼の経済状態は芳しくなかったことになる」

気難しげに河野は眉を寄せた。

「あの……国雄さんのコレクションにPB55はなかったんですよね」

春菜は念のために訊いた。

「わたしは見ていないよ。国雄氏も持っているとは言わなかった。しかし彼が秘蔵していた可能性はゼロとは言えない。さっきから言っているように国雄氏はシュタイフ社を中心にテディベア文化の軌跡となるようなベアを蒐集していた。PB55はシュタイフの歴史の始まりを飾るベアだ。手に入る機会があれば、黙ってはいられなかったろう。だが、もしTCOAで落札したとしたら世間に公言することは憚られたに違いない。なにせ贓品《ぞうひん》つまり犯罪拾得物を取り扱うオークションだからね」

気難しい顔で河野は言った。

ふと気づいたことを春菜は口にした。

「河野さんと同じくらい、神保国雄さんのコレクションのことを知っている人はいないのでしょうか？」

「わたし自身は国雄氏の友人を知らないが……」

「ご存じありませんか」

気負い込んで春菜は訊いた。

「彼のコレクションを見ていたかもしれない人物はいる」

「ほんとうですか」

春菜は叫んだ。

「うん、関彩夏さんという若いテディベア作家だ」

河野はさらりと言った。

「なんですって！」

春菜はふたたび叫んだ。千尋の先生ではないか。

「どうかしたかね？」

「いいえ、お名前だけをちょっと知っている作家さんでしたから……神保国雄さんと関さんとはどんなおつきあいだったんですか」

深い意味はなく春菜は訊いた。

「変な関係ではないだろう。なにせ七〇代の国雄氏と三〇代の女性だ。娘というより孫娘に近いね」

まじめな顔で河野は答えた。

「い、いえ……そういう意味では……」

春菜の耳は熱くなった。

「わたしは一度だけ国雄氏から関さんの話を聞いたが『大変に才能ある若い作家なので応援している。ある展示会で彼女の作品に惹きつけられてね。勉強したいという話なので、わたしのコレクションも見せた。場合によっては資金の援助も考えている』と言っていたよ」

落ち着いた声で河野は言った。

「では、パトロン的な存在だったのですか」

春菜の問いに河野はあごを引いた。

「そういう立場を考えていたのだろうな」

河野は残っていたワインを飲み干して言葉を継いだ。

「さて、そろそろわたしは帰りたいと思うが」

康長の顔を見ると静かにうなずいている。

「ありがとうございました。貴重なお時間を頂戴しました」

丁重に春菜は頭を下げた。

「いや、最初に言ったようにヒマな身体だ……役に立ったことはあるかね」

河野は口もとに笑みを浮かべた。

「もちろんです。大変に参考になりました」

「大きなヒントを頂けました」

春菜と康長は次々に礼を述べた。

ホテルの外に出ると、大さん橋方向の空がうっすらと紅色に染まり始めている。

「なにか思いついたことがありましたら、わたしにお電話ください」

春菜は丁重に頼んだ。

「もちろんだ。警察のほうでテディベアに用があるときは連絡してくれ。ベア振興に少しでも役に立ちたいと思っている」

河野はそれだけ言うと、山下公園通りをマリンタワーの方向に歩いていった。

春菜たちは河野と別れると、中華街の方向へ歩き始めた。

こころのなかにもやっとしたものが生じている。

しばらく歩いたところで春菜は立ち止まった。

「あの……わたし会いたい人が出てきました」

「関彩夏というベア作家だな。聞きたいことだらけだ」

康長も立ち止まって答えた。

「もうひとり……神保慶一さんからもまた話を聞きたいです」

春菜の言葉に康長はうなずいた。

「捜査本部からも誰か行っているはずだが、俺もまた会おうと思っていた。まだまだ聞くべきことはたくさんあるだろうな」

「お父さんの国雄さんからコレクションについてなにも聞いていないというのは不自然な気がしてきました」

「ちょっと揺さぶりをかけてみよう。俺はとりあえず慶一さんにアポとってみる」

康長は目を光らせた。

「わたし、関さんのサイトを調べて連絡してみます」

春菜たちはすぐ近くにあるコーヒーショップのテラス席に座った。

関彩夏の名前で検索を掛けると、ベア作家としてのウェブサイトが見つかった。メール投稿フォームが設置されていたが、もちろん住所や電話番号の記載はない。

一瞬、千尋に電話して関彩夏の電話番号を聞き出そうかと考えた。だが、ふたりの関係に悪い影響を与えたくはない。彩夏に会いたいと考えたのは河野の言葉からだ。

結局、春菜はサイトのメール投稿フォームに書き込んだ。

――はじめまして。神奈川県警捜査指揮・支援センターの細川春菜と申します。県警で取り扱っている事件の関係で、テディベアについてご教授頂きたいことがあります。わたしの電話番号かメールアドレスにご連絡頂ければありがたいです。どうぞよろしくお願い申し上げます。


返事が来るのを待とう。緊急性があるわけではないのだ。

康長は誰かと電話で話している。

「運がいいぞ。神保慶一さんはいま横浜にいる」

電話を切った康長は明るい声を出した。

「これから会ってくれるんですか」

「ああ、七時にそごう横浜店七階のカフェで待ち合わせた」

「急いだほうがいいですね」

時計を見ると、六時半だった。

春菜たちはすぐそばの中華街東門交差点前の歩道を左に曲がった。

灯りが点《とも》ってきらびやかな朝陽門を尻目に、元町・中華街からみなとみらい線に乗ることにした。

「中華街でメシ食ってこうと思ったんだけどな」

改札へ続く階段を下りながら康長が悔しそうな声を出した。

明日が土曜日で明るい雰囲気の仕事帰りの客に交じって春菜たちは横浜駅へ向かった。

第三章　テディベアの花園

1

金曜の夜のためか、横浜ポルタのメインストリートには行き交う人々の明るいおしゃべりが響いていた。

そごうもたくさんの買い物客で賑わっていた。

七階に上ったときには、そごうを取り囲む横浜の街はすっかり夜景に変わっていた。

神保慶一はカフェの窓際の席ですでに待っていた。

目の前にはクルマのヘッドライトが行き交う横羽線と、その向こうにシアルの白いビルと背の高いＪＲ横浜タワーの灯りが見える。

「お時間を頂き恐縮です」

歩み寄った康長が声を掛けながら頭を下げた。

「いえいえ、たまたまジョイナスで買い物していたんで、ちょうどよかったです」

慶一はかすかに微笑んだ。

ブルーの小花柄の半袖シャツが品のよい顔立ちに似合っている。

春菜はカフェオレを、康長はコーヒーをオーダーした。

「あらためて伺いたいことが出てきました」

康長はゆっくりと口を開いた。

協力員以外に質問するのは原則として康長の役割だ。

春菜は手帳を開いてボールペンを取り出した。

慶一はちょっと顔をしかめた。

「今朝、鎌倉の家に刑事さんが来ましてね。いろいろと訊かれました。もうお話しすることはないはずですが」

笑みを浮かべながらも慶一の頬はわずかに引きつっていた。

「すみません、我々は同じことを何度も伺わなきゃならないんですよ」

やわらかい口調で康長は答えた。

鎌倉の慶一の家を訪ねた刑事たちが今日訊いたという内容は捜査会議で発表されるはずだ。

その情報が届いていないことを康長は上手にぼやかした。

自殺か殺人かの両面で捜査していたせいで、捜査本部の設置が遅れ、初動捜査に多くの人員を割けなかった傾向は否めない。それでも、神保真也の三浦市諸磯の別荘と横須賀市追浜のマンションは完全に捜索が終わっていた。

だが、これと言ったものはなにも出ていなかった。

「なぜ、同じことを何度も訊くんですか。あの刑事さんたちから話を聞けばいいんじゃないんですか」

いくらか尖った声で慶一は訊いた。

「新しい事実が出てきたときには、別の視点からお話を伺わなければならないんです」

康長は淡々とした口調で言った。

「新しい事実ですか……」

慶一は康長の顔を覗き込むようにして尋ねた。

「ええ、今日、亡くなったお父さまと交流のあった方に話を訊いてきました。その方は横須賀の真也さん宅にあったベア・コレクションについてかなり詳しいことをご存じでした」

「なんという人ですか」

驚いたように慶一は訊いた。

「申し上げられません。その方からお父さまのコレクションは三〇〇体くらいはあったと伺っています。ところが、横須賀の家には一〇〇体くらいしかありませんでした。そのほかの二〇〇体がどうなったかご存じですか」

いくぶんつよい口調で康長は尋ねた。

「相続後、弟が売却したのです」

慶一はさらっと答えた。

「なぜ、売ってしまったんですか」

畳みかけるように康長は訊いた。

「管理しきれないと思ったようです。専門家の友人に相談して貴重な三分の一を残してあとは中古ベアを扱うショップなどに売り払ってしまったようです」

「そこであらためて伺いたいのですが、ベア・コレクションは鎌倉の家にあったそうですね。その家はいまは慶一さんが住んでるんですよね」

「ええ、そうです。僕が相続して住んでいる家です」

「では、あなたはコレクションを何度も見ているわけですね」

「もちろんですよ。父が生きてるときには、よく見ていましたよ」

「では、真也さんが引き上げるときも立ち会ったんですか」

慶一は首を横に振った。

「いいえ、僕があの家に引っ越す前に弟が運び出しました。僕は興味がなかったし、勝手にさせましたよ」

「あのコレクションの詳しい内容もご存じないんですね」

「ええ、前にも言ったとおりです。僕はテディベアには詳しい知識もありません」

「でも、火曜日にはわざわざ見に来られたんですね」

「それはそうですよ。あの一〇〇体でも数百万にはなるでしょう。弟が死んだからには管理する人間もいない。気になるのはあたりまえです。数百万というのは僕にとっては大金ですから」

低い声で慶一は笑った。

「あのコレクションについて詳しい人をご存じですか？」

康長はつよい視線で慶一を見据えた。

「さぁ……詳しい人ですか？」

慶一は首をひねった。

「関彩夏さんというテディベア作家をご存じないですか」

間髪を容れずに康長は訊いた。

一瞬の沈黙のあと、慶一は静かに口を開いた。

「……お名前は知っています」

どこか力のない低い声だった。

「名前だけですか?」

「亡くなる前に父が気に入っていた人だそうですね。父は関さんのパトロンのような立場になりたかったとか……」

自信なさげに慶一は答えた。

「なぜ、関さんのことを話してくれなかったんですか」

康長は問い詰めるような口調で訊いた。

「お話しする必要もないと思ったので……」

言い訳するように慶一は言った。

「必要かどうかはわたしたちが決めます」

康長はいくぶんつよい口調で言った。

「はぁ……」

慶一は言葉を失った。

「あなたはわたしたちの質問にきちんと答えるべきです。警察に隠しごとをするのは決して得策ではありません。わたしたちは事件について詳しく調べます。あなたが話さなかった事実もいつかは明らかにします。つまり隠しごとをしていたこともわかってしまうんです。関さんについてあなたの知っているすべてを話してください」

厳しい言葉を康長が突きつけた。

「い、いや……とくには……」

慶一は言葉を濁した。

「あなたはほかにも知っていることがあるはずだ」

言葉はていねいだが、康長は慶一を恫喝《どうかつ》している。

不誠実な反応を返す相手に対する刑事の常套手段だ。

慶一の目がうろうろと泳いだ。

「関彩夏さんは真也と交際していました」

かすれた声で慶一は答えた。

春菜はドキンとした。関彩夏が思わぬかたちで浮かび上がってきた。だが、真也の家や別荘から彩夏に関する情報は得られていなかった。

「つまり、関さんは真也さんの恋人だったわけですね」

康長の問いに慶一は黙ってあごを引いた。

「間違いないですね」

康長は念を押した。

「二〇〇体の売却について相談したのは関さんのようです」

慶一は静かに答えた。

「なぜ、それを黙っていたのですか」

きつい目で康長は慶一を見据えた。

ふたたび慶一は口をつぐんだ。

「どうなんですか？」

康長の口調は沈黙を許さない強さを持っていた。

「僕の発言で関さんに迷惑が掛かっては困ると思いまして……」

いくらか震える声で慶一は答えた。

「関さんに迷惑が掛かるおそれがあるんですか」

康長は静かに訊いた。

「僕から聞いたと本人に言わないでください」

確かめるような目つきで慶一は康長を見た。

「ご心配なく。さ、話してください」

声をやわらげて康長は訊いた。

「死ぬ前の弟と関さんは、必ずしもうまくいっていなかったようなのです。すでに別れていたのかもしれません」

低く暗い調子で慶一は言った。

「そうだったんですか……」

康長は春菜の顔を見た。

春菜は言葉が出なかった。

彩夏という女性はベア作家だ。ぬいぐるみ針を持っているのは当然である。

別れてしまったとしたら、真也が彩夏に関するものをすべて処分していても不自然なことではないだろう。

「うまくいってなかったと思うのはなぜですか」

またも沈黙を許さないつよい調子だった。

「死ぬ前、遺産相続の話をするために会ったとき、弟は『彩夏があんな女だとは思っていなかった』と言っていたんです」

あきらめたように慶一は答えた。

この言葉も春菜には衝撃的だった。

「よく話してくださいました。あなたは賢明な選択をなさいました」

表情をやわらげて康長は言った。

「黙っていてすみませんでした」

慶一は静かに頭を下げた。

「お話しくださったので問題はありません。ほかに関さんについて知っていることはありませんか」

康長の言葉に、しばし慶一は宙に目をやって考えていた。

「いえ、とくにありません」

慶一は首を横に振った。

「前回の質問の繰り返しになりますが、この言葉に思いあたる点はありませんね」

康長はスマホを取り出して「PB55……TCOA?」のメモ写真を見せた。

「いえ、以前もお話ししたように思いあたることはありません」

もう一度、慶一は首を横に振った。

「話は変わりますが、犯行が行われた月曜の夜から火曜の朝に掛けて、慶一さんはなにをしていましたか」

康長はいきなり質問を変えた。

「え……僕の話ですか？」

慶一は目を見開いた。

とつぜん彩夏から自分に話を振られたので驚くのはあたりまえだ。

「いや、関係者の方全員に伺っているんです」

なんの気ない口調で康長は言った。

「今朝来た刑事さんにはお話ししましたよ」

不満げに慶一は言った。

「最初に言ったように同じ話を何度も伺うことがあります。わたしにも話してくださいよ」

康長はやわらかく訊いた。

「そうでしたね。でも、何度聞いても無駄です。僕にはアリバイがありますよ」

冗談めかして慶一は答えた。

「ほう、アリバイがあるんですか」

顔をしかめるように康長は笑った。

「たまたまですが、日曜から火曜の朝までは湯河原の別荘にいました」

慶一は即答した。弟が殺された日の前後だから、記憶に残っていても不思議はないだろう。

「それを証明できる人はいますか……一緒にいた人はいないでしょうか」

慶一の目を見つめながら康長は訊いた。

「ああ、いましたよ。月曜の晩は浦上《うらかみ》っていう友人夫婦が遊びに来てくれました。ふたりとも大学時代の同級生なんです」

明るい表情に変わって慶一は言った。

「浦上さんご夫婦は泊まっていったんですか」

「いいえ、ふたりは遅くまでいましたけど、《ゆとろ嵯峨沢《さがさわ》の湯》という温泉コテージに泊まっていたんでそちらに帰りました」

ゆったりとした口調で慶一は答えた。

「ご夫婦が別荘にいたのは何時頃ですか？」

「そうですね、夜の九時前から飲み始めて夜中の一二時頃に帰りました」

「ずいぶん遅くから飲み始めたんですね」

たしかに九時スタートは遅い。

「湯河原に泊まっているって聞いてたんで、僕から電話したんですよ。そしたら、夕飯の後にこっちへ来るっていうことになりましてね。僕の別荘とは三〇〇メートルくらいしか離れてませんからね」

「なるほど。九時からの飲み会で間違いないですね」

康長は念を押した。

「ああそうだ。浦上たちが来てすぐにフジテレビの『鍵のかかった部屋 特別編』が始まったんですよ……あれ九時からですよね？」

「フジテレビの……」

ぼんやりとした声で康長は言った。

「月9のドラマですね。大野智《おおのさとし》や戸田恵梨香《とだえりか》、佐藤浩市《さとうこういち》が出ているミステリーですよね」

刑事はロクにテレビを見る時間もない。

江の島署時代の春菜もあまりテレビは見なかった。だが、専門捜査支援班に異動してからは比較的早く帰宅できる。月曜日の晩もタ食後はぼんやりとテレビを見ていた。

「しかし月曜の晩に温泉泊まりとは浦上さんご夫婦も贅沢なご身分ですね」

皮肉でもなさそうに康長は言った。

「浦上は火曜日の朝九時から小田原で取引先と会議があったんですよ。奥さん孝行で温泉に連れてきたってわけでしょう。《ゆとろ嵯峨沢の湯》は、お湯もいいし施設もきれいで眺めも抜群です。いろいろと評判がいいんですよ」

「よくわかりました。月曜日、お友だちが見えるまではなにをしてましたか」

なめらかな口調で康長は問いを重ねた。

「ああ、日曜日と月曜の昼間はね。千歳川《ちとせ》で鮎釣りしてましたよ」

慶一ははっきりとした声で答えた。

「千歳川ですか？」

康長と同じく春菜も湯河原の地理には詳しくない。

「ええ、熱海《あたみ》市との境界に流れてる川です。万葉公園の下流、川堰橋《かわせき》のあたりで釣っていました。別荘から五キロくらいなんでスクーターで一〇分もかかりません。そもそも日曜日から鮎漁が解禁になったんで鮎釣りするために湯河原の別荘に行ったんです。なにしろ天然鮎は塩を振ってさらっと焼けば美味《うま》いですからね。あの香りがたまらないんですよね」

舌なめずりしそうな顔で慶一は答えた。

春菜の実家《舟戸屋》でも、庄川鮎を名物料理として宿泊客に喜ばれている。

飛騨山中を水源とする庄川は水が美しく水温が低い。そんな庄川が育んだ天然鮎は、皮も骨もやわらかく香り高いことで知られている。塩焼きや天ぷら、鮎釜飯、うるかと呼ばれる塩辛など、春菜も大好きだ。

「千歳川の川堰橋はここですね」

春菜はスマホのマップで湯河原の千歳川を表示して康長に見せた。

「温泉街のなかですね。こんな場所で鮎が釣れるのですか？」

不思議そうに康長は訊いた。

「湯河原観光漁業組合が放流しているのですよ。日釣り券は前売り八〇〇円、その場にいる集金人に払うと一〇〇〇円とられます。川堰橋から上流の落合橋まではもっといい釣り場なんですが、六月の第三日曜、今年なら二一日から解禁なんです。ともあれ月曜は朝七時頃から弁当持って千歳川に行って、昼にいったん上がって川岸で弁当食べて日暮れ前の六時頃まで釣ってました」

「ああ、地域振興的な狙いもあるんですね。誰かとご一緒でしたか？」

康長は慶一の目を覗き込むようにして訊いた。

「はい、駅近くの《磯部《いそべ》や》という居酒屋の主人とずっと一緒でした。僕は湯河原に行くとよくその店で飲むんですよ。菊池《きくち》っていう男です。その店は月曜休みなんでね。川から上がってそのまま別荘に帰りました」

「釣果《ちょうか》はどうでしたか？」

さらっと康長は尋ねた。

「菊池に比べるとイマイチですが、中くらいのが六尾釣れましたよ。その晩に半分塩焼きで食べてしまいました。残りも翌朝食べました。いや、美味かった」

慶一は楽しそうに答えた。

「わかりました。すると、月曜の晩は、朝から午後六時頃までと午後九時から夜中の一二時頃までは誰かと一緒だったわけですね」

「そういうことになりますかね」

しっかりと慶一はあごを引いた。

湯河原から諸磯までは片道一〇〇キロ近くはあるだろう。三時間では往復するのも困難だ。

「詳しいお話を伺えてよかったです。今回の事件についてほかになにか気づいたことはありませんか」

康長は丁重な調子で尋ねた。

「いえ、とくにありません」

きっぱりと慶一は答えた。

「なにか思いついたことがありましたら、わたしに連絡してください」

康長は慶一の目をしっかりと見据えて言った。

「わかりました」

慶一は言葉少なに答えた。

話を終えた慶一は、同じフロアの書店に用があると言って店の奥へと歩き去った。その後ろ姿にどこか孤独がにじみ出ているように春菜は感じていた。

春菜たちはすぐそばのエレベーターで地下一階まで下ることにした。

「どこかで一杯やってくか」

エレベーターのなかで康長が楽しそうに言った。

「いいんですか」

「ああ、捜査会議には間に合わないし、こんな時間から三崎くんだりまで行くのはカンベンだよ」

「さすがに、三崎署は遠いですね」

「遠いよ。捜査本部《チョウバ》の立つ場所は横浜近辺にしてほしいよ」

冗談を言ったあとで、康長は急にまじめな顔に変わった。

「真也さんと関彩夏というテディベア作家が交際していた事実は大きいな」

「ええ……驚きました」

真也がベア・コレクターとして、どの程度の活動をしていたのかは怪しい部分もある。だが、貴重なベアを所有していることは事実だ。そんな真也とベア作家である関彩夏が交際していても不自然とまでは言えないのだが……。

「ちょっとその話をしたいんだ。安くて美味い店、知ってるから連れてくよ」

「はい、ぜひぜひ！」

春菜は声を弾ませた。

横浜駅への連絡通路に出ると、康長はスマホを取り出した。

「捜査本部にいま慶一から聞いた話を伝える」

「これ……記録とりました」

さっきとったメモを書いた手帳を春菜は康長に渡した。

康長は誰かと電話で話し続けた。

駅に向かってしばらく歩くと、春菜のスマホが振動した。

「あの……細川さんのお電話ですか」

澄んだ高い声が耳もとで響いた。

「はい、細川ですが」

期待しつつ春菜は名乗った。

「わたし、ベア作家の関と申します」

彩夏の声ははっきりと緊張していた。

「関さんですね。お電話ありがとうございます」

明るい声で春菜は礼を言った。

「あの……わたしになにかお話があるというような……」

彩夏のか細い声が響いた。

「教えて頂きたいことがあります。お時間を頂戴できればありがたいですが」

春菜はやわらかい声を出すように努めた。

「これからでもいいですか」

予想もしない言葉が返ってきた。

「はい、もちろんです」

春菜は弾んだ声を出した。

相手の正体はわかっているし、早く会えるのは望むところだ。

「関彩夏さんです。これから会いたいって言ってます」

スマホから顔をそらして康長に伝えると無言でうなずいた。

「今日は仕事が終わっています。明日も朝からお教室があるので……遅くにすみません」

遠慮がちに彩夏は言った。

「いいえ、時間のことは気にしないでください。どちらへ伺えばいいですか」

「わたし、どちらでも伺いますが」

「関さんはいま外ですか」

電話の背後に屋外の雑音がなんとなく聞こえる。

「いま、自由が丘の駅の近くにいます。自宅は綱島《つなしま》なんです。ちょっと用足しをしてから東横線で帰ります」

「では、綱島駅で九時ではどうでしょう」

いま八時一〇分だが、夕食をとっていない。

自分はガマンできるしホテルニューグランドでいちごのムースを食べている。だが、康長は昼からコーヒーしか口にしていない。せめて立ち食いそばでも食べたいだろう。

「時間的にはちょうどいいです。西口の改札でお待ちしています」

「わかりました。よろしくお願いします」

「わたしテディベアの雑誌を持ってます」

彩夏の声が少しだけ明るくなった。

「すぐにわかりますね、では九時に！」

春菜は元気よく電話を切った。

「関彩夏さんと綱島の駅で九時に待ち合わせました」

「被害者の交際相手だ。有力な情報を持っているに違いない。だけど、関さんにはまず細川から質問してくれ。俺は必要なところで突っ込みを入れる」

康長は考え深そうに言った。

「了解です」

「また、メシ食い損ねたな。さっそく綱島に行くぞ」

ちょっと笑うと、康長は先に立って歩き始めた。

ポルタに並ぶ店のウィンドウを飾るディスプレイを横目で見ながら、春菜は駅を目指した。

2

綱島駅前通りの立ち食いそば屋であわてて夕食をとって、春菜たちが駅に戻ったのは九時一〇分前だった。

「あ、あの人……」

改札口にボタニカル柄の白地のシャツに白いパンツを穿いた若い女性が立っている。

右手に持っている薄い雑誌の表紙はベージュのテディベアが飾っている。

間違いなく関彩夏だ。

黒いストレートヘアに小柄な細い身体つきの、遠目に見ても美しい女性だ。

だが、その表情は硬くこわばっていた。

警察官に呼び出されて緊張するのは、むしろあたりまえのことだ。

硬い表情だが、彩夏は誰しも振り返るような美貌の持ち主だ。

卵形の顔に鼻筋が通ってあごのかたちがとてもいい。

切れ長の瞳の色は漆黒に澄んでいる。

きりっと結ばれた唇にはクールな雰囲気が漂っている。

そばを通るたくさんの人々が彩夏を振り返ってゆくほどだった。

春菜たちはゆっくりと彩夏に歩み寄っていった。

「関彩夏さんですね」

「はい……関です」

春菜は精いっぱい明るく声を掛けた。

彩夏は春菜の顔を見て少しホッとしたような顔つきになった。

「はじめまして、専門捜査支援班の細川と申します」

「浅野と言います」

康長は無表情で短くあいさつした。

「どこかでお話を伺いたいんですが」

春菜の言葉に彩夏は改札と反対側の方向へ手を差し伸べた。

「あちらのお店ではいかがですか」

駅構内にはシュークリーム店とコーヒーショップが並んでいた。

「いいですね。あそこにしましょう」

先に立って春菜は歩き始めた。

春菜たちはコーヒーショップの二階に上がってコーナーのソファ席に陣取った。

あらためて面と向かうと、とても魅力的な雰囲気を持っている女性だ。

卵形の小顔に黒目がちの大きな瞳は知的な光に輝いている。

いくらか薄いかたちのよい唇は意志のつよさを感じさせる。

こんな表情でなければ、接する男性の誰もが惹きつけられるだろう。

「お時間を頂きありがとうございます」

春菜は名刺を差し出した。

受けとった彩夏の名刺にはテディベア作家という肩書きと名前、メールアドレスだけが記されていた。

康長は名刺を出さなかった。捜査一課所属という身分を隠したいのだろうと春菜は思った。

「捜査指揮・支援センターの方なんですね」

彩夏は春菜の名刺を覗き込んで首をひねった。

「はい、ふだんは登録捜査協力員の皆さまからお話を伺う仕事をしています」

明るい顔で春菜は答えた。

「今日はどんなお尋ねでしょうか」

不安いっぱいの顔で彩夏は訊いた。

「神保国雄さんというベア・コレクターの方をご存じでしょうか」

春菜はやんわりと切り出した。

「はい、本当にお世話になりました。わたしのベアをとても気に入って下さって応援して頂いていました。テディベア文化に対して深い理解と造詣をお持ちで、その振興にもご尽力頂いておりました。こころから尊敬できるお方でした」

熱っぽい口調で彩夏は言った。

「素晴らしい方だったのですね」

「はい、それはもう……まさか七七歳というお若さで急にお亡くなりになるとは夢にも思いませんでした。亡くなったときには大変に驚き悲しみました。お葬式では涙が止まりませんでした」

かすれ声で彩夏は言葉を継いだ。

「わたしは、幼い頃に両親が離婚して母ひとりに育てられました。家庭を捨てて出て行った父とはそれ以後一度も会っていません。父の顔も覚えていないんです。失礼ながら国雄さんは自分の父親のように感じておりました。お人柄を知るうちに父がこんな人だったらなぁという憧れを抱いてしまったのです。それがこんなに早くお別れすることになってしまって……つらかったです」

思いを嚙みしめるかのように彩夏は口をつぐんだ。

短い沈黙の後、春菜はゆっくりと問いを発した。

「国雄さんのベア・コレクションをご存じですね」

「はい、何度も拝見しております。シュタイフ社を中心にテディベアの歴史を代表するベアを蒐集した素晴らしいコレクションでした。あのコレクションだけでも国雄さんの卓越したご見識が痛いほど伝わってきます」

目を輝かせて彩夏は言った。

「でも、いまは一部が散逸していますよね」

すかさず春菜は突っ込みを入れた。

「は……はい」

彩夏は言葉を途切れさせた。

「コレクションは約三〇〇体あったそうですが、いまは一〇〇体くらいしか残っていませんね」

春菜は畳みかけるように訊いた。

「はい……そうですね……」

彩夏の声は震えた。

「相続した次男の真也さんが売却したんですね」

下を向いた彩夏は黙ったままだった。

「ご存じのことがあれば話してください」

春菜は少しつよい調子で訊いた。

「はい、真也さんが売りました」

うつむいたまま消え入りそうな声で彩夏は答えた。

「あなたが選別に携わったんですね」

さらにつよい口調で春菜は訊いた。

「そうです……できるだけ貴重なものを残しました」

震え声で彩夏は答えた。

「そんな相談に乗ったあなたは、真也さんとはどのような関係だったのですか」

問い詰めるように春菜は訊いたが、彩夏の答えはなかった。

「答えてくださいませんか」

春菜はふたたび詰め寄った。

だが、彩夏は黙りこくっている。

「正直に答えたほうがいいですよ」

いきなり康長が言葉を発した。

はっとした顔で彩夏は康長を見た。

「神保真也さんが今週の火曜日に遺体で発見されたことは知っていますね」

静かだが沈黙を許さない康長の声だった。

江の島署時代には春菜もたびたび取り調べを受け持ったが、まだまだ未熟だ。康長のようなわけにはいかない。

「はい、報道で知りました」

素直に彩夏は答えた。

「ご存じだと思いますが、警察は真也さんが殺害されたと判断しました。わたしも細川も真也さん殺害事件の捜査をしています」

康長は静かな調子を崩さずに告げた。

「おふたりは真也さんの事件の捜査を……」

彩夏は全身を硬くした。

春菜は黙ってあごを引いた。

「警察はわたしを疑っているのですか」

彩夏の肩が震えている。

「いまは誰も疑ってはいません。だから関さんにもお話を伺いたいのです」

春菜の言葉に彩夏の肩から力が抜けた。

「あなたはわたしたちの質問にすべて正直に答えるべきです。なにかを隠すことはあなたの得になりません。本当のことを話せばわたしたちも余計な邪推をせずにすみます」

康長は嚙んで含めるように言った。

「わたしは九ヶ月前から半年間、真也さんとつきあっていました」

彩夏は春菜の目を見て低い声で言った。

「つまり恋人だったのですね」

春菜の言葉に彩夏の目にはかすかな怒りの色が浮かんだ。

「いまは自分がどうかしていたのだと思いますが、当時はそういう気持ちだったのです」

乾いた声で彩夏は言った。

「いまはそういう思いは残っていないのですね」

畳みかけるように春菜は訊いた。

「わたしは真也さんという人間を誤解していたのです。あの人はわたしにこう言いました。『自分は父の遺志を継いでテディベアを愛し続けてゆく。ベアを世界に広めるために力を尽くしてゆく』といつもこう言ってたんです。でも、あの人はテディベアに対してなんの愛情も持ってはいませんでした。平気で嘘を言い続けた彼をわたしは許せませんでした。三ヶ月前にあの人に別れを告げました」

暗い声で彩夏は答えた。

「どうして嘘がわかったのですか」

「貴重な国雄さんのコレクションを売りさばこうとしたことでわかりました。彼はわたしの意見に耳を貸すフリをしながら、結局は文化的価値にかかわらず手っ取り早く売れるものを手放しました。そのせいで長年苦労して蒐集した国雄さんの貴重なコレクションはバラバラになってしまった。あの人にとってテディベアは財産価値でしかなかった」

吐き捨てるように彩夏は言った。

「関さんにとって失礼な言い方かもしれません。ぜんぶで数百万円とか一千万円にしかならないベア・コレクションを、真也さんはわざわざ手間を掛けて売らなくともよかったんじゃないでしょうか。聞いている範囲では真也さんは一億数千万の動産を持っていたそうですね」

春菜にとって素朴な疑問だった。

「あの人はもうそんなお金は持っていませんでした。真也さんはそもそも資産運用なんてできない人だったと思うのです。性格はラフでルーズでした。詳しいことはわたしにはよくわかりません。ですが、真也さんが相続したたくさんのお金を失ってしまったことは間違いありません」

彩夏は春菜の目を見てきっぱりと言い切った。

「では、真也さんはお金に困っていたのですね」

「ええ、少なくともわたしが別れる頃には、苦しい状態だったと思います。ぜいたくな人でしたから」

「では、一〇〇体を残したのはなぜですか」

これまた不思議な話だった。

「有名で価値があるアンティークベアが残っています。中古ベアショップなどでは売りにくく適正な売却価格も期待できないベアたちです。専門のオークションを選んで高額な落札価格を期待していたのだと思います。すでに売却された二〇〇体よりも価値のあるベアが多いです」

彩夏の言葉に春菜は納得した。

ベア初心者の尼子にもわかるベアがいくつもあったのだ。

「もしかすると真也さんはＴＣＯＡなどに出品することも考えていたのでしょうか」

春菜の問いに彩夏は目を見開いた。

「よくその名前をご存じですね」

「はい、あるベア・コレクターの方から伺いました」

「でも、都市伝説なんじゃないんですか。そんな闇オークションなんて」

疑いの声を彩夏は出した。

「わたしに話してくれた方はロンドンに実在すると言っていました」

「そうなんですか……では考えていたかもしれません。国雄さんのコレクションに盗品を購入したものなどはなかったと信じていますが」

彩夏は最後の言葉に力を込めた。

「国雄さんのコレクションにＰＢ55ベアが含まれていたかどうかご存じですか」

春菜はさらっとした調子で訊いた。

一瞬、彩夏は沈黙した。

「……持っていました。わたしは一度だけ見せてもらったことがあります。専門家の鑑定が必要だとは思いますが、おそらくは本物です」

低い声で彩夏は言った。

「ＰＢ55ベアは現存していたのですね！」

春菜は思わず叫び声を上げた。

「ただ、国雄さんはほかのコレクションとは別に扱っていました。陳列せず秘蔵していたのです。ある部屋に特別に置いてありました。ほかのベアとは違う思いがあったようです」

彩夏は言葉に力を込めた。

「これを見てください。真也さんの遺体が身につけていたメモです」

春菜は「ＰＢ55……ＴＣＯＡ？」の写真を見せた。

「やっぱり真也さんはＰＢ55ベアをＴＣＯＡのオークションに出品するつもりだったんですね」

彩夏はうなり声を上げた。

河野の解釈は正しかったようだ。

「ですが、真也さんの遺品からは見つかっていないと思われます」

春菜の言葉になぜか彩夏の顔が引きつった。

「そうなのですか！」

彩夏は叫び声を上げた。

「専門家が見ているわけではないので断定できませんが、レプリカに似たものもないそうです」

あのときの尼子の言葉は信用できるだろう。

「そんな……」

彩夏の身体が小刻みに震えている。

「なぜ、そんなに驚くんですかね」

康長は皮肉っぽい口調で訊いた。春菜にとってもまったくの謎だった。

「もし、遺品に含まれていないのなら、誰が持っているのかと思いまして……」

彩夏は康長から目をそらした。

「月曜日の午後から火曜日午前中のあなたの行動を話してくれませんか」

とつぜん康長は話の流れとは関係のない質問をした。

「わたしの行動ですか」

目を見開いて彩夏は訊いた。

「ええ、ぜひ教えてください」

康長は手帳を開いてペンを手にした。

「月曜日は横浜駅前のルミネにある《カルチャーセンター横浜》でベア教室の日でした。午後二時から四時までの授業で、終了後はまっすぐ自宅に戻り通信教育制のベア教室の添削をしていました。翌朝は一〇時から一二時まで川崎駅前のアトレの《神奈川カルチャーセンター川崎校》で授業をしていました」

よどみなく彩夏は答えた。

なるほど、彩夏はいくつかの教室で教えることで生計を立てているのだ。

だが、これが事実だとしても、彩夏にはアリバイがない。

「わかりました」

手帳を閉じて康長は短く答えた。

「やっぱりわたしを疑っているのですね」

尖った声で彩夏は訊いた。

「あなたはまだなにかを隠しているのではないですか」

彩夏の問いに直接には答えずに、康長はつよい口調で訊いた。

「そんな……わたしは……」

顔を背けた彩夏は言葉を途切れさせた。

「関さん、すべてを話してください。あなたはいま非常にまずい立場にいます。なぜなら、真也さんを殺した凶器はぬいぐるみ作りに不可欠な道具だったのですよ」

静かな声で康長は告げた。

「え……本当ですか」

彩夏は言葉を失った。

「あなたは当然ながらそうした道具を持っているはずだ」

康長は彩夏の目をじっと見つめた。

「わたしが真也さんを殺すはずがないじゃありませんか」

はっきりと怒りの籠もった彩夏の声だった。

「その言葉を信じるためには、まず、いまあなたが驚いた理由を教えてください」

表情を変えずに康長は言った。

「わかりました。わたしがさっき驚いたのは、ＰＢ55ベアが真也さんの遺品のなかにないとしたら、奪った人がいるということです」

真剣な顔で彩夏はきっぱりと言った。

「それは誰ですか」

「真也さんのお兄さん、慶一さんだと思います」

確信しているという彩夏の顔つきだった。

「なぜ、そう言えるのですか」

「ＰＢ55ベアが慶一さんのお母さんの形見だからです」

「八歳の時に亡くなったという……」

春菜は思わずつぶやいた。

「どういう来歴かはわたしも知りませんが、お母さんはＰＢ55ベアを持ってお嫁に来たんだそうです。慶一さんが物心ついたときにはお母さんはしょっちゅうＰＢ55ベアを抱いていたそうです。お母さんはそれはそれはきれいな方で、慶一さんにはとてもやさしかったそうです。慶一さんはお母さんをとても愛していたのです。ですが、彼が八歳のときに慶一さんのお母さんは自殺したんです。鎌倉の小動《こゆるぎ》の鼻という岬から海に身投げして自らの生命を絶ったそうです。慶一さんはいまに至るまでその傷を抱えているそうです」

彩夏は悲しそうな顔で言った。

「新たな疑問が生じました。なぜ、あなたは慶一さんのプライベートにそんなに詳しいのですか」

康長の突っ込みと同じ違和感を春菜も抱いていた。

「……真也さんから聞きました」

ちいさな声で彩夏は答えた。

「あまり説得力がありませんね。また聞きした話とは思えませんよ」

康長はまたも皮肉っぽい声で言った。

あきらめたように彩夏はほっと息を吐いた。

「実はわたし……真也さんとつきあう前は慶一さんとつきあっていました」

とまどいながら低い声で彩夏は言った。

「そうだったんですか！」

予想もしていなかった答えに春菜は驚きの声を上げた。

だが、この答えを予想していたのか、康長は平然としている。

「国雄さんにご招待を受けて鎌倉のお宅に伺ったときに知り合いました。慶一さんはいつもジェントルで立ち居振る舞いもやさしい人でしたので悪い印象はありませんでした。お父さん譲りなのか頭のよい方だとも思っていました。でも、口数が少ないので深く心を通わせることはできずにいました。ところが、二ヶ月ほどして国雄さんに『慶一のことを頼みたい』と懇願されたのです」

静かな口調で彩夏は言った。

春菜と康長は顔を見合わせた。

彼女ほどの美貌の持ち主なら引く手あまただろうに不思議な話だ。

「国雄さんに頼まれたから、慶一さんとつきあったのですか」

信じられない思いで春菜は念を押した。

「はい、わたしは国雄さんをお義父さまと呼びたかったのです。国雄さんはこんなことをわたしに言いました……『慶一は根はいい人間だが、社交性に欠けている。せっかく入った銀行でも人間関係が築けずトラブル続きでうまくいかなかった。見かねたわたしが自分の会社に引き取って不動産管理の会社を立ち上げた。賃貸マンションの大家ならあいつでもできる。あいつと一緒になってくれれば、君の生活は心配ないはずだ。経済的なことを心配せずに一生、すぐれたベアをつくってほしい』と……わたしたち去年の冬には結婚する予定だったのです」

淡々とした口調で彩夏は言った。

「国雄さんは、そんなにも慶一さんを愛していたのですね」

なかばあきれ声で春菜は訊いた。

はっきり言って親馬鹿もいいところだ。

いい歳をした息子の結婚の心配などする必要はなかろう。資産家というのはそんな考え方をするのだろうか。愚かな嫁が来て、資産を食い潰してしまうことを心配するのかもしれない。

「国雄さんは最初の奥さまの薫《かおる》さん、つまり慶一さんのお母さんを深く愛していらっしゃいました。薫さんが心を病んで自ら生命を絶たれたことを痛恨の極みだと何度も歯噛みしながらおっしゃっていました。そのためだと思いますが、薫さんの忘れ形見の慶一さんを誰よりも愛していたのです。真也さんのことも愛していたはずです。ですが、対人関係などに心配のない真也さんよりも、社交性を欠く慶一さんが心配でならなかったようです。そんな国雄さんと慶一さんの関係を真也さんはどこかひがんでいたようです」

暗い顔で彩夏は言った。

そうだったのか……。

神保兄弟と彩夏の複雑な関係に、春菜の頭のなかはグルグルしてきた。

「そのお答えは信用できます。ところで、なぜあなたは慶一さんと別れたのですか」

冷静な口調で康長は訊いた。

「それは……」

彩夏はうつむいて口をつぐんだ。

「お話しください」

康長は有無を言わさぬ口調で詰め寄った。

「慶一さんの悪口を言うようなことになってしまいます」

肩をすぼめて彩夏は答えた。

「これは殺人事件の捜査なのです。おわかりですね」

彩夏の目を見据えて康長は諭すように言った。

「……慶一さんは心に大きな傷を持っていました」

あきらめたように彩夏はゆっくりと口を開いた。

「傷と言いますと？」

すかさず康長が続きを促した。

「慶一さんは子どもの頃に学校でひどいいじめに遭っていたのです。お母さまを亡くされてから慶一さんは口数の少ない子どもになってしまったのです。そのためか、友だちの誰とも親しくできなかったようです。同級生にいっせいに無視されたり、陰にまわってキモイと悪口を言われたり、持ち物を隠されたり、『死ね』『消えろ』などと書かれた紙を昇降口に貼り出されたりしたそうです」

眉根を寄せて彩夏はつらそうに答えた。

「ひどい……」

春菜は怒りを抑えられなかった。

子どもの頃に春菜も、田村というガキ大将とその取り巻きに嫌がらせを受けていた。だが、春菜はおとなしくいじめられているような子どもではなかった。自分の両親の悪口を言われたことにむかっ腹を立てて、田村をボコボコにしてしまった。

「いじめの体験が彼の心の傷を生んだのですね？」

静かに康長が訊くと、彩夏は小さくうなずいた。

「はい、そのときに受けた傷のために、慶一さんは大人になってからも他人に対して恐怖感が先に立つようになってしまいました。そのために対人関係がうまくいかなかったのです。本人は話してくれませんでした。すべては国雄さんから聞きました。慶一さんは自分をいじめた同級生たちのことを『僕のことをいじめたヤツらは罰を受けなきゃならない』と繰り返し言っていたそうです。ですが、国雄さんが慶一さんを私立中学校に入学させたので加害者たちとは顔を合わせることがなくなったのです。また、お母さまが自殺したことを『僕はあの日から闇のなかで生きなきゃなんなくなった』とも言っていたと聞きました。そんな慶一さんに寄り添えるのは、世界中探しても自分しかいないと国雄さんは繰り返していました。わたしも傷ついた慶一さんの力になりたいと思って婚約の申し入れを受けることにしたのですが……」

彩夏は言葉を途切れさせた。

「婚約を解消してしまったわけですね。なぜですか」

康長は彩夏の目を見つめながら問うた。

「お話し頂けませんか」

ふたたび康長は答えを促した。

だが、彩夏はうつむいたまま、言葉を発しなかった。

「つらいことをお話し頂くのはとても心苦しいです。でも、わたしたちは真也さんの未来を奪った犯人をどうしても見つけ出したいのです。もし、浅野にお話ししにくいことがあれば、わたしひとりで伺いますよ」

春菜は熱を込めて語りかけた。

しばらく黙っていた彩夏はゆっくりと顔を上げた。

「ご配慮ありがとうございます。細川さんにそんなご心配をお掛けしてはいけないですね。わたしが婚約を解消したのは、慶一さんという人が大きなゆがみを持っていたからです」

彩夏は不思議な言葉を口にした。

「ゆがみ……ですか？」

釣り込まれるように春菜は訊いた。

「ゆがみという言葉が適切かどうかはわかりません。ですが、慶一さんは誰をも愛せない人だったのです。彼が愛していたのは、ただひとり亡くなったお母さまの薫さんだけなのです。慶一さんは夜になると、国雄さんの特別室からＰＢ55ベアを持ち出しては一緒に寝ていたのです」

彩夏は言いにくそうに唇を閉じた。

「え……大人になってからもですか」

春菜は言葉を失った。

「はい……毎晩のことだそうです。夜はＰＢ55ベアがそばにいないと眠れないとのことで、外泊は滅多にしなかったようです。慶一さんにとってはＰＢ55ベアはお母さまの身代わりだったのです」

「たしかにそれはこころのゆがみですね……」

春菜は低くうなった。

慶一という男はエディプスコンプレックス的な傾向をつよく持っていたようだ。

「実は婚約が成ってから、伊豆テディベア・ミュージアムに慶一さんと行ったのです。彼のクルマで伊豆半島をまわって下田市の高級ホテルに泊まりました。国雄さんのご友人が経営している宿だったので、スイートルームを手配してくださいました。素晴らしい夕食の後は、リビングで音楽を聴きながらお酒を飲んでおだやかな時間をすごしました。ところが……」

言いよどんで彩夏は目を伏せた。

「その宿でなにがあったのですか」

静かに春菜は訊いた。

「海の見えるひろい寝室で休むことになったのですが……慶一さんはおやすみのあいさつをすると……」

彩夏は耳を赤くして言葉を継いだ。

知らず春菜は身を乗り出した。

「彼はキャリーバッグからＰＢ55ベアを取り出して一緒にベッドへ潜り込んでしまったのです」

「え？　え？　ベアと寝たのですか？」

春菜はマヌケな声で訊いた。

「はい、しっかりと抱きしめてすぐに寝息を立て始めました。ショックでした。隣のベッドに入る気になるわけがありません。わたしはリビングのソファで一夜を明かしました。翌朝の彼はとくに気にしたようすもなく起きてきました」

「そんな……」

春菜は言葉を失った。

こんな美女を放っておいて、テディベアと寝ている男が世の中に存在するとは。

「くり返しになりますが、ＰＢ55ベアは慶一さんにとってお母さまの分身だったのです。わたしは、この人は無理だと思い極めたのです。わたしがいくら寄り添おうとも、彼はお母さんへの愛から離れられないのです。それからしばらくして、わたしは国雄さんと慶一さんのそろっているところで、婚約の解消を申し出ました」

「国雄さん父子はなんと言っていたのですか？」

「慶一さんはとても不愉快そうでしたが、あきらめ顔で文句は言いませんでした。国雄さんは大変残念がっていましたが、話さずともわたしと慶一さんがうまくいかないことを予想していたようです。婚約はすんなりと解消されました」

「それからあなたは真也さんとつきあうようになったのですね」

彩夏にとっては答えにくいことだろうが、春菜は淡々と問いを重ねた。

「慶一さんと結婚が決まった頃から真也さんはわたしに急接近してきました。彼はわたしに対してテディベアを愛する思いを熱っぽく話し続けました。ベア愛からわたしと真也さんの話は盛り上がりました。さらに真也さんはわたしを愛していると積極的に伝えてきたのです。魔が差したというのでしょうか。わたしは真也さんの思いを受け容れる気持ちになったのです。もしかすると、慶一さんにないがしろにされてわたし自身も傷ついていたのかもしれません。少なくともベアを囲んで真也さんとはよい関係が築けると思ったことは間違いありません。ですが、真也さんのテディベア愛がニセモノだったことは、さっきお話ししたとおりです」

彩夏は不愉快そうな表情で話を終えた。

「横恋慕ってヤツだな。誰かにとられそうになると、その女性がほしくなるって男は少なくない……」

康長はしたり顔で言った。

「それもあるでしょうけど、真也さんは慶一さんに嫉妬していたのです。国雄さんの愛情が慶一さんばかりに注がれることを真也さんは許せなかったようです。だから、わたしに近づいてきたんだと思います」

硬い表情で彩夏はつけ加えた。

彩夏は不快そうな表情で話を終えた。

「ひとつわからないことがあります。なぜ、国雄さんはＰＢ55ベアを慶一さんに相続させなかったんでしょうね」

春菜にはすごく不思議なことだった。

「はっきりしたことはわたしにはわかりません。もしかすると真也さんに動産を相続させるとの遺言を書いたときにＰＢ55ベアは別だと考えていたのかもしれません。つまり、最初から慶一さんのものだという感覚があったのだと思います」

「だが、法的には真也さんのものになってしまったということですか」

「国雄さんはまさか真也さんが、慶一さんのお母さんの形見のPB55ベアを奪うとは思っていなかったのでしょう」

「なるほど……そうかもしれませんね」

　春菜は納得した。

「話は変わりますが、真也さんを憎んでいた人などに心当たりはありませんか」

　康長はいきなり質問を変えた。

「いいえ……悪い人ではありませんでしたから」

　真剣な顔で彩夏は首を横に振った。

「真也さんと慶一さんの仲はどうでしたか？」

　彩夏の目をじっと見つめて康長は訊いた。

「とくによくも悪くもなかったと思います。でも、慶一さんがそんな恐ろしいことをするはずはありません」

　きっぱりと彩夏は言った。

「ほかにこの事件についてなにか思うことはありませんか」

　彩夏はしばらく考えていたが、静かに首を横に振った。

「いいえ、いまは思いつきません」

「もし、なにか思いついたら、細川かわたしにお電話ください」

遅ればせながら康長は名刺を渡した。

「浅野さんは捜査一課の警部補さんなんですね」

名刺を見ながら彩夏は驚きの声を上げた。

「はい、細川とは別の部署です」

「捜査一課ってエリート刑事さん集団なんですよね。どうりで恐ろしい方」

「いや、わたしはおとなしいほうですよ」

「ええ、たいへんにジェントルな刑事さんだと思います。でも、わたしが言いたくなかったことをすべて話させてしまう。怖い方です」

「それが仕事ですから」

康長はまじめな顔で言葉を継いだ。

「関さんがすべてを話してくださったのはとても賢明なことでした」

彩夏はちいさくうなずいた。

「お時間を頂きありがとうございました。今度お目に掛かったときにはテディベアの魅力についで伺いたいです」

春菜はにこやかに礼を述べた。

「ぜひお話ししたいです」

最後になって彩夏もようやく明るい表情で答えた。

元町・中華街行きの各駅停車はガラガラに近く空いていた。

春菜と康長は並んで座ることができた。

「魅力ある人だったな」

ぽそっと康長は言った。

こんなことを康長が言うのは珍しい。

だが、なんとなく春菜にもわかる気がした。

たしかに彩夏は人目を引く美貌の持ち主だが、康長は容姿だけに魅力を感じたのではあるまい。クルーな話しぶりと裏腹な、ひたむきにベアを愛するその姿に惹かれたのだろう。

「素敵な人でしたね」

春菜の本音だった。自分がまったく持っていない魅力を彩夏は持っている。

「神保兄弟が夢中になるのもわかる。犯罪の蔭に女ありか」

「なに古いこと言ってるんですか」

春菜はあきれた。

「それにしても神保国雄と慶一、真也の父子関係は黒い雲が渦巻いていて話を聞いているだけで頭がクラクラしてきたな。さらにはそこに巻き込まれた関彩夏の登場で話はより暗くて複雑なものになったようだな」

康長はあごに手をやって考え深そうに言った。

「でも、彩夏さんの犯行じゃなさそうですね」

「シロに近いグレーだな」

真剣な表情で康長は言った。

「では、現時点でいちばん怪しいのは……」

春菜ののどはかすかに鳴った。

「いまのところ慶一ということになる。彼には弟を殺すことで財産を独り占めできるという動機がある。だが、殺された時点では真也は金に困っていたらしい。そうなると、この動機は成立しなくなる。関彩夏の言ってたようにPB55ベアを奪うことも動機としては考えられる。その点ではベアに対する思いが動機だとも考えられる。でもな、PB55ベアを奪うだけだとしたら、人を殺す動機としては希薄としか言いようがないよ。しかも腹違いとはいえ、実の弟だ。俺には納得できないんだ」

康長は鼻から息を吐いた。

「そのうえ慶一さんにはアリバイが成立しそうですよね」

「そうだ。さっき上りの電車に乗っているとき調べてみたんだが、湯河原の慶一の別荘から諸磯の真也の別荘までは海沿いを下道で走ると八〇キロ強で二時間は掛かる。小田原厚木道路、東名高速、横浜新道、横浜横須賀道路とフルに高速道路を使うと約一二〇キロで二時間。これは渋滞などを考慮に入れない時間だ。仮に鮎釣りを終えた六時に湯河原を出れば諸磯への到着は八時。一五分で犯行を実行しても湯河原に戻るのは一〇時一五分となってしまう。九時に友人たちとテレビを見るのは絶対に不可能だ。仮に死亡推定時刻を一時間早い七時だと考えたら逆に五時前に湯河原を出ないとならない。慶一には完璧なアリバイがあるわけだ」

康長は力なく言った。

「つまり慶一さんの犯行ではないと」

「捜査本部の連中がアリバイの裏をとっている最中だが、そうなる可能性は高い。関彩夏にはアリバイはない。だが、いまのところ動機は浮かび上がっていない」

康長は眉を寄せた。

「わたしは彩夏さんではないと思います。結局、彼女は嘘は言っていないと思いますよ」

春菜の直感では彩夏はシロだった。

「俺もそう思いたいよ。だが、慶一や真也との交際関係を考えれば隠れた動機がある可能性は否定できない。それに最終的には俺が吐かせたとはいえ、彩夏は真実を覆い隠していた。いまのところ彩夏はグレーと言うべきだ。そうだ、言い忘れていた。慶一とアポが取れた。明日の午後七時に鎌倉の自宅に来てくれということだった」

「明日はいろいろと切り込めますね」

「そのつもりだ」

「待ち合わせどうします」

「慶一の自宅は御成《おなり》町にある。さっきマップで調べたら、鎌倉駅の西口から七〇〇メートルほど離れた場所だ。一〇分も歩けばじゅうぶんだろう。俺は三崎署の捜査本部から向かうから六時半に鎌倉駅西口改札で待ち合わせよう」

「了解です」

春菜は元気よく答えた。

瀬谷《せや》のアパートに帰った春菜はシャワーを浴びて部屋着に着替えた。

さすがに今日は疲れた。河野、慶一、彩夏という三人と会ってさまざまな情報を得た。

春菜の脳裏には三人のさまざまな言葉が次々に蘇ってきた。

明日はふたたび慶一と会う。あるいは新たな局面が展開するかもしれない。

もうひと頑張りだ。

今回の事件について整理しようと、春菜はダイニングテーブルの上にノートＰＣを起ち上げた。

すぐに作業に掛かる気にならなかったので、ＰＢ55ベアを検索してみた。

濃いめの茶色のモヘヤで作られた丸い顔の愛らしいベア写真が出てきた。

もちろんシュタイフ博物館に展示されているレプリカの写真だ。

かわいい顔に癒やされて少しやる気が出てきた。

春菜は大学ノートと水性ボールペンも取り出してきた。

アナログのよさはひらめきを生むことにあると春菜は信じている。

手を動かすことで脳のどこかが刺激されるような気がする。

まずは、真也を中心に慶一、国雄、彩夏の人物相関図を書いてみた。

登場人物が少なすぎる。慶一と彩夏を犯人と考えるのには決め手を欠いている。

捜査本部の鑑取りに期待すべきなのだろうか。

「まさか……」

ノートをぼーっと眺めていた春菜は独り言を口にした。

いつぞやの事件のときのように頭のなかで火花がスパークしている。

「その手はありだな……」

となると、裏をとってもらう必要がある。

春菜はあわててスマホを取り出してタップした。

「細川か。なにかあったか？」

すぐに康長の不審げな声が返ってきた。

「浅野さん、わたしの考えを聞いてくれますか……」

真剣な声で春菜は告げた。

「おう、細川の名推理を聞かせてくれ」

康長の声には期待がにじんでいた。

「実はですね……」

話しているうちに動機も見えてきたような気がした。

春菜は真剣に説明を続けた。

風が強くなったのか、窓の外の木々が騒がしくなってきた。

3

鎌倉駅の西口から角を何回か曲がって、細い坂道を上ってきた。

「谷あいにどこまでも家が続いていますね」

傘のなかから春菜は詠嘆の声を出した。

「うん、鎌倉には多い谷戸《やと》という地形だよ」

閑静な住宅地というのはこういう場所を言うのだろう。

洒落たデザインの豪邸が続いている。

「この奥が慶一の家のはずだ」

康長が指さす細い道の突きあたりに、鉄平石《てっぺいせき》で囲まれた黒い鉄扉の目立つ立派な門があった。

近づくと「神保」と表札が出ている。

左手にはグレーに塗られたスチールシャッターが下りているガレージがあった。

「いま門を開けますから待っていてください」

インターフォンを押すと、慶一の声が返ってきた。

門はリモート操作で左右に開いた。

春菜たちが足を踏み入れると、背中で門の閉まる音が聞こえた。

玄関も廊下も白熱球の灯りが点っていて、古色蒼然《こしょくそうぜん》とした雰囲気だった。

入ってすぐの部屋に春菜たちは通された。

応接間……というのだろうか。

八畳くらいの洋間に豪華な七〇センチくらいの高さの丸テーブルを囲んでモスグリーンのベルベット張りの椅子が四脚並べられている。

格天井《ごうてんじょう》からは古いシャンデリアが下げられている。

壁際には焦げ茶色の書棚が並べられ、文学全集や美術書がずらりと並んでいた。

飾られているパウル・クレーの版画は本物なのだろうか。

窓にはレースとゴブラン織りのカーテンが下がっている。

映画やドラマで見たことがあるだけで、こんな部屋に入るのは初めてだった。

「申し訳ないですが、ハウスキーパーさんは帰しちゃったので……」

シャンブレーシャツ姿の慶一は、緑茶のペットボトルをテーブルに二本置いた。

「いえ、どうぞおかまいなく」

康長が顔の前で手を振った。

豪奢《ごうしゃ》なテーブルにペットボトルが並んでいる光景はなんだか奇妙だった。

「それで今日は何のご用でお見えですか」

春菜たちの向かいに座った慶一が切り出した。

「いくつか伺いたいことが出てきましてね」

康長はいくぶん冷たい口調で答えた。

「聞きたいこととおっしゃいますと？」

慶一は冷静な口調で訊いた。

「まず、慶一さんは真也さんの遺産を相続されるんですね」

「ほかに相続人がいませんからね」

素っ気ない口調で慶一は答えた。

「では、相続放棄はしないのですね」

「どういうことですか」

尖った声で慶一は訊いた。

「うちのほうで少し調べたところ、真也さんの経営していたＪＭＣＰは資産運用に失敗して債務超過にかなり近い状態になっていたようですが」

康長は淡々と言った。

春菜は聞いていなかった。これはハッタリかもしれない。

「そうですね、ですが僕が調べたところでは有価証券の含み資産などもあって、最終的には二千万円くらいは残るのではないかということでした。追浜のマンションもいくらかになるでしょうし」

この答えからすると、康長の言葉はまったくのハッタリではないのだろう。

「なるほど……では、追浜のマンションに置いてあった一〇〇体のベア・コレクションも慶一さんのものになるのですね」

「そういうことになりますね。ただ、以前も申しあげたように、わたしはベア・コレクションには興味がないので専門家の協力を仰いで管理するしかありません」

気難しげに慶一は眉をひくつかせた。

「その専門家というのは関彩夏さんですか」

康長は不意打ちを食らわせた。

「え……」

慶一は絶句した。

「あなたとは婚約関係にあったのでしょう」

康長は追い打ちを掛けた。

「そんなことまで調べたんですか。でも、とっくに別れました。彼女に依頼するつもりはありません」

不愉快そうに慶一は答えた。

「彩夏さんはあなたと別れてから真也さんとつきあったのですね」

康長はじっと慶一の目を見て言った。

「警察はそのことも調べていたんですか」

慶一は明らかに驚いていた。

「ええ、警察はどこまでも調べます。しかも一般の方が想像できないほどのスピードでね」

愉快そうに康長は言った。

「へぇ、それは知りませんでした」

皮肉っぽい口調で慶一は言った。

「あなたはそのことで真也さんや彩夏さんを恨んではいませんか」

康長の問いに答えずに慶一は眉をピクピク震わせている。

「浅野さん、これは犯罪捜査に関する質問なんですか？　僕にとっては不愉快な話を次々に突きつけられるなんて、まるで拷問です。いい加減にしてほしい」

慶一は吐き捨てるように言った。

怒らせて感情の揺れから慶一が口を滑らすことを狙っているのがわかった。

「わたしはあなたが真也さんと彩夏さんを恨んでいると思っています」

平板な口調で康長は言った。

「ははぁ、わかりましたよ。あなたの悪辣《あくらつ》な試みが。彩夏を奪われたから僕は真也を憎んでいた。真也を殺した罪を僕を捨てた彩夏になすりつけようとしている。そんな馬鹿げた仮説で僕を陥れようとしているんでしょう。そのために僕が彩夏の使う道具を凶器に選んだとでも言うつもりですか？　ははは、馬鹿げてる。捜査が上手《うま》くいっていないんですね。だからって犯人をでっち上げるつもりですか」

右手の人差し指を突きつけて慶一は声を張り上げた。

あっと春菜は思った。

いま慶一は決定的なミスを犯したのだ。

だが、本人は気づいているようすはなかった。

「そんなことは言ってません」

康長ももちろん気づいているはずだが、その表情は変わらなかった。

「そんな話を続けるんなら帰ってください」

語気を荒らげて慶一は言った。

「真実を突き止めるまでは帰るわけにはいきません」

康長は冷静に答えた。

「だいいち、僕にはれっきとしたアリバイがあるんですよ」

慶一はつばを飛ばした。

「いえ、あなたが主張するアリバイは簡単に崩れました」

春菜は身を乗り出して言葉を発した。

「バカな！　弟は月曜の午後八時頃に殺されたって報道されてました。湯河原の別荘から弟の別荘までは八〇キロはある。高速を使ってどんなに速く行ったって二時間かかります。僕は六時までは川堰橋で《磯部や》の菊池と釣りをしてたんですよ。湯河原の別荘に戻ってすぐクルマを出しても諸磯につくのは八時を過ぎる。何もせずに帰ってきたって一〇時過ぎだ。でもね、これは理論値です。その時間には石橋インター付近は渋滞しています。保土ヶ谷バイパスだってそうでしょう。実際には帰ってくるのは一一時を過ぎますよ。ところがどっこい僕は九時には浦上夫婦とテレビを見てたんだ。完璧なアリバイじゃないですか」

のどの奥で慶一は笑った。

「あなたは川堰橋で菊池さんと別れた後、そのままスクーターで真鶴《まなづる》町まで走ったんです」

春菜は自分の仮説を口にした。

「真鶴町ですって」

慶一の顔色が変わった。

「ええ、真鶴マリーナまでは七・五キロしかありません。スクーターで約一五分です。真鶴マリーナにはあなたの所有している二七フィートのモーターボートが係留されていますね。このボートは夜間航行もできて、最高速度は二八ノット、巡航速度は二五ノットですね。二五ノットは時速四六・三キロです。ところで真鶴と諸磯の海上距離は約四二キロ。つまり一時間で着くわけです。六時一五分に真鶴を出たあなたは諸磯港には七時一五分に到着したはずです。犯行に三〇分掛かったとして、七時四五分に諸磯港を出航すれば真鶴には八時四五分に着く。真鶴マリーナから湯河原の別荘までは四・一キロに過ぎません。一〇分で帰ってこられます。ほら、八時五五分には別荘にご帰還です。巡航速度は燃料の消費効率がいちばんよい状態で移動できる速度です。最高速度ならもっとずっと早く帰ってこられるはずです。そう、あなたは海路を使ったのです」

冷静な口調を保つように努力して、春菜は自分の推理を突きつけた。

「し、証拠はあるのか」

目を剝き舌をもつれさせて慶一は訊いた。

春菜の勝利だった。

「明日にはすべての裏付けがとれるはずです」

慶一の目を見て、はっきりとした口調で春菜は告げた。

「僕が真也を殺す動機はなんだ？」

うめくような声で慶一は言った。

「動機はいくつもあるでしょう。まず第一に関彩夏さんを奪われた恨み。第二にお母さんの形見の大切なＰＢ55ベアを取り戻すこと。でも、決定的なのは三番目です。あなたは真也さんに住む場所と収入の手段を奪われそうだったのでしょう」

春菜は静かに言った。

「なにを証拠にそんなデタラメを並べるんだっ」

慶一は激しい声で叫んだ。

「三番目の動機についてはここに証拠がある。この家と湯河原の別荘、さらには逗子のマンションの登記簿謄本だ。すべてに真也さんの経営していた株式会社ＪＭＣＰの抵当権が設定されている。債務額は三千万円だ。あなたは真也さんから多額の借金をしていたんだ。もうすぐ返済期限だったんじゃないのか」

登記簿謄本の束を康長は慶一の顔の前に突きつけた。

もちろん捜査員が職権で取得してきたものだ。

「そんなことはない……」

慶一の反論は弱々しかった。

「まぁ、その金銭消費貸借契約書もいずれ発見できるはずだ」

康長は含み笑いとともに言った。

「くそっ」

頭を抱えて慶一はテーブルに突っ伏した。

「ところで、あなたは決定的な失言をしました」

涼しい声で春菜は追い打ちを掛けた。

「失言だと」

ガバッと慶一は顔を上げた。

「そうです。あなたはさっき『真也を殺した罪を僕を捨てた彩夏になすりつけようとしている』と言いましたね」

「言ったさ、あんたらの悪だくみだからな」

慶一は歯を剝いた。

「彩夏さんの使う道具をあなたが凶器に選んだって、わたしたちがそんな主張をしているって言うんですか」

春菜はさらりと訊いた。

「そうだとも。ひどい言いがかりだ。ぬいぐるみ針なんてのは、僕に扱えるようなもんじゃない」

慶一は不愉快そうに口を尖らせた。

「おかしいですね。報道されてもいないのに、なんであなたは凶器がぬいぐるみ針だということを知っているのですか」

「えっ……」

慶一は目を剝いた。

「彩夏さんに罪をなすりつけると言っていたのは、凶器がぬいぐるみ針だということを言っているのでしょう。彼女はテディベア作家ですからね」

春菜の言葉に覆い被せるように康長が言った。

「いわゆる『秘密の暴露』だ。犯人しか知り得ないことなんだよ」

「観念したほうがいいですよ」

康長と春菜は次々に追い打ちを掛けた。

「くそっ、くそーっ」

ふたたびテーブルに突っ伏した慶一は両手で髪をかきむしった。

しばらく室内には沈黙が漂った。

窓の外で雨の音が響き続けている。

「ＰＢ55ベアはあなたが奪ったのですね」

春菜は静かに尋ねた。

「そうさ……あいつは動産だからと言って無理矢理奪っていった。だが、あれは僕の大切な大切ものなんだ。ママの……大好きだったママの形見なんだ。ママの思い出が詰まってるべアなんだ。あいつがＰＢ55を奪ったのは僕への嫌がらせさ。僕たちは表面上は仲よくしていたが、こころの奥底では憎み合っていた。あいつは彩夏を奪い、ＰＢ55を奪い、僕の生きる手段まで奪おうとしていたんだ」

突っ伏したままで慶一は言った。

「どこにあるのですか」

「この家にある。見たいか？」

顔を上げて慶一は訊いた。

春菜は見てみたかった。

康長の顔を見るとちいさくうなずいた。

「ぜひ見せてください」

春菜の言葉にうなずくと慶一は立ち上がった。

先に立って慶一は歩き始めた。

部屋を出て白熱球のペンダントライトが点々と灯る暗い廊下を奥へと進む。

「この廊下の突き当たりの納戸だ」

突き当たりは石壁になっていて一枚の黒い鉄扉が見えている。

近づくとなるほどただの部屋ではなさそうだ。ワインでも収蔵してあるのだろうか。

慶一は鉄扉のハンドルに手を掛けて開いた。

鍵穴はあるが、鍵は掛かっていないようだ。

慶一が壁のスイッチをオンにすると、一〇畳ほどの室内が明るくなった。床はコンクリートの打ち放しになっていて壁の三方に軽量棚が設えられていた。

棚にはほこりまみれの段ボール箱がひとつとワインラックに一二本ほどのボトルが置いてあるだけでガランとしていた。

掃除をするためか竹ボウキとチリトリ、バケツが部屋の隅に置いてあった。

天井はかなり高めだ。三メートル近くはあろうか。

「ほら、そこにある」

慶一が指さしたのは真正面の棚の上から二番目の中央あたりだった。

たしかにアクリルケースに茶色いモヘヤのテディベアが座っている。

室内は白熱球の一灯しか照明がないので薄暗い。

「あれですか」

春菜はしぜんに奥へと歩み寄った。

康長も一緒に従《つ》いて来た。

そのときだった。

背後でガシャーンという叩きつけるような金属音が響いた。

「えっ」

「なんだ」

振り返ると、鉄扉が閉じられている。

「はははははっ。こんなにあっさり罠に掛かるとはな」

扉の向こうで慶一の嫌な笑い声が響いた。

「なんのつもりだっ」

康長は大音声に叫んだ。

「わからないのか。あんたたちはその納戸で骨になるんだ。くっくっくっくっ」

扉の外で慶一は奇妙な笑い声を立てた。

「そんなことをしてもおまえは逃げられないぞ」

康長の目が吊り上がっている。

「僕はどうせ捕まる。だが、その前にあんたたちには苦しんでもらう」

冷たい声で慶一は言った。

「バカなことを言うな。いま応援を呼ぶ」

康長はスマホを取り出した。

「えっ」

ディスプレイを覗き込んだ康長が短く叫んだ。

「わたしのもアンテナ立ってません」

春菜のスマホもダメだ。

「無駄だ。その納戸はな、携帯電波のデッドスポットだ。どのキャリアもつながらない。鎌倉は山がちで谷が多いから数メートル四方のデッドスポットはいくつも存在する。だが、ちょっと動けば電波が入るからなかなか改善されない。何度試してもアンテナは立たないぞ」

嬉しそうに慶一は言った。

「こんなことをしたらおまえの罪が重くなるだけだぞ」

康長は激しい口調で言った。

「恫喝されるのはもううんざりだ。あんまり騒ぐと寿命が短くなるぞ」

小馬鹿にしたように慶一は答えた。

「どういう意味だ」

「あんたたちを歓迎するために念入りに支度しておいたんだ。さあプレゼントを受けとってくれ」

弾んだ声で慶一は言った。

「なにをしたんだ」

「工業用のボンベから塩ビパイプを通してそこに一酸化炭素を供給しているんだ。供給口はまずわからないように作ってあるよ。ふっふっふっ」

冷たい笑いが聞こえた。

春菜の背筋が凍った。

納戸には一枚の窓もない。

このままでは部屋中に一酸化炭素が充満する。

だが、どこから一酸化炭素が送られているのかはわからない。

なんの音も臭いもしない。

送り出されている場所がわからない限り、布などでふさぐこともできない。

「死なない程度に中毒させてやるよ。まぁ、後遺症は残るだろうがな。俺は真也を殺してるんだ。もう一人殺したら死刑だろう。だが、ふたりとも中毒させても傷害罪がプラスされるだけだから死刑にはならない。あんたたちは廃人同様だろうけどね。はははは っ」

慶一の高笑いが響いた。

「なんて卑劣な男なのっ」

春菜は腹の底から怒りがわき上がってきた。

「君の名前は春菜ちゃんだっけ。せっかくかわいい子なのに、余計な謎解きをするからだよ」

意地の悪い口調で慶一は言った。

この男は精神に致命的な欠陥があるとしか思えない。そう、サイコパスに違いない。

怒りで頭がショートしそうだった。

「無事に済むと思わないでよっ」

腹立ちまぎれに春菜は叫んだ。

「無事に済まないからこんなことしてるのがわからないのかな。あんだけ僕のことをいじめたんだ。あんたたちは罰を受けなきゃならない」

怨念の籠もった声だった。

「勝手なこと言わないでここから出しなさいよ」

春菜は怒りを言葉に乗せて慶一にぶつけた。

「お断りだね。僕をいじめたあんたたちには仕返ししなくちゃね。ゆっくりと味わってくれ。

そのうちに頭痛、吐き気、めまい、眠気が襲ってくるはずだ。ふたりのうちのどっちかが錯乱し始めたら供給を止めてやる。くっくっくっくっ」

暗いゲームで優勢に立った慶一の得意げな声が響いている。

「じゃあ、さよなら」

嬉しそうに慶一は言った。

「ここから出せっ」

「出しなさいっ」

ふたりで鉄扉を叩いたが、返事はなかった。

足音が遠ざかってゆく。

扉が開くことを期待して春菜と康長は体重を掛けて扉に肩をぶつけた。

が、無駄だった。鉄扉はびくとも動かない。

「どうする」

「どうしましょうか」

ふたりは床にへたり込んだ。

スカートを通してコンクリートの冷たさが伝わってくる。

「あのベア、たぶんニセモノのＰＢ55ですよ」

春菜はアクリルケースを指さした。

「なんでそう思うんだ」

康長は不思議そうに訊いた。

「わたし、ネットでＰＢ55レプリカの写真を見たんですけど、もっと顔が丸かったです」

「そうか、どこまでも人を食った男だな」

「まったくですよ。まさかこんな罠を用意して待ってるなんて思いもしなかった」

腹立ちを抑えようと春菜は深呼吸した。

なんだか息が苦しいような気がする。気のせいだといいのだが。

気を取り直そうと春菜は納戸のなかを何度か眺めまわした。

「あっ！」

春菜は思わず叫んだ。

「どうした？」

康長がけげんな声で訊いた。

「ここから出られるかもしれません」

春菜の声は弾んだ。

「どうやるんだ？」

「あれです」

天井の一点を春菜は指さした。四五センチくらいの正方形の銀枠が埋め込まれている。

「おお！　天井点検口か！」

康長は明るい声で叫んだ。

「だがな、三メートル以上はあるぞ……とても届かないだろう」

すぐに康長は声を落とした。

「いいえ、手はあります。浅野さんがわたしを肩車してくれればいいんです。浅野さん背が高いから肩の高さは一五〇センチくらいありますよね」

「それでも届かないだろう」

「覚えてませんか？　わたし大学時代はチアリーディング部だったんですよ」

春菜はちょっと胸を張った。

「もちろん忘れたことはないさ。前回の事件でもその前の事件でも細川のチアリーダーの能力が大いに発揮されたからな」

康長は嬉しそうに言った。

「わたし背が低いから体重もかるいんです。だからチア時代はトップポジションだったんですよ」

「そうだった。トップポジションだったな……で、どうする？」

「浅野さんに肩車してもらって天井裏まで飛びます。天井裏を移動して、ほかの点検口からなんとか室内に下りて、慶一のヤツを捕まえます」

自信を持って春菜は言った。

「ひとりで大丈夫か？　あいつイカれてるぞ」

不安げな声で康長は言った。

「でも、それしか方法がないと思います。わたしやります」

つよい声で春菜は言い切った。

「わかった。細川の力に期待しよう。点検口を開けるにはラッチを回さなきゃならないな。道具がいるな」

康長は首をひねった。

「柄の長いマイナスドライバーがあれば楽勝なんですけどね……」

春菜も考え込んだ。

「そうだなぁ。あの高さじゃ細川の手が届かなそうだなぁ……なにか道具がないかな」

康長は部屋のなかを見まわした。

春菜も視線を巡らせた。棚に近づいたが、ワインボトルが役に立つとは思えない。

隣に置かれた段ボール箱を開けてみると、何枚かの布きれとＡ４のデスクトレーより少し大きいクリーム色の樹脂の箱が出てきた。小学生が家庭科で使う道具箱に似ている。

フタを開くと、なんとテディベアの製作用具が入っている。

おそらくは彩夏が残していったものに違いない。

ブリスターパックに入ったぬいぐるみ針はもとより、千尋に教えてもらったコッターキー、手芸用鉗子、スタッフィングスティック、さらに木毛用のスタッフィングスティック……。

「これ！　これですよっ」

春菜は木毛用スタッフィングスティックを取り出した。

マイナスドライバーの先がふたつに割れているような形の道具だ。おまけにハンドル部分が三〇センチほどもある。

「おあつらえだ」

康長も会心の笑みを浮かべた。

「浅野さん、お願いします」

「よーし、肩に足を掛けろ」

康長はさっと屈んだ。

「背中踏みますよ」

パンプスを脱いだ春菜はさっと康長の背中に足を掛けた。

「おお、気持ちいいぞ。背中凝ってるからなぁ」

康長はトボけた声を出した。

「ギャグ言ってる場合じゃないです」

春菜は両足を康長の肩に掛けた。

「立ってもらって大丈夫です」

「落ちるなよ」

康長はゆっくりと立った。

春菜はバランスをとって康長の両肩に左右の足を乗せた。

わりあいと簡単にしゃきっと立つことができた。

「上見ちゃダメですよ」

ちょっと頬を熱くして春菜は言った。

チアではあたりまえだが、相手が康長だと恥ずかしい姿勢だ。

「ガマンしとく」

冗談を言っているが、康長がバランスをとるのも大変なことなのだ。

「ちょっとガマンしてくださいね」

目の前の点検口を凝視すると、直径五ミリに満たないラッチがあった。

「浅野さん、ホコリが立ちます。ちょっと息止めててください」

「了解」

春菜はスタッフィングスティックを点検口扉のラッチに当てるとゆっくりとまわした。

ガタンという音とともにフタが下へ開いた。

案の定、ホコリがもうもうとあたりに舞った。

点検口の扉はヒンジで支えられて九〇度下に垂れ下がっている。

「開きましたよ！」

春菜は明るい声で叫んだ。

「やったな！」

康長の声も弾んでいる。

スタッフィングスティックを床へと放った。

硬いもののぶつかる音が響いた。

ホコリがひとしきり静まるのを待って春菜は姿勢を整えた。

天井に空いた四角い穴までの距離は一メートル弱だろうか。

一度で飛び移らなければならない。

失敗すれば、康長も春菜自身もケガをするおそれがある。

「いいですか。飛びますよ……3・2・1」

春菜は両足に力を込めて康長の肩を蹴った。

身体のほかの部分をやわらかく保ちつつ、

「えいっ」

次の瞬間、春菜の身体は屋根裏に移っていた。

屋根裏に頭をぶつけないように自然と姿勢を屈めていた。

「まるで忍者だなぁ」

真下から康長の驚嘆の声が響いた。

「やだ、見ないでって言ったじゃないですか」

春菜は照れたが、屋根裏への移動は成功した。

「あ、そうだ。浅野さん。部屋の隅にある竹ボウキの柄をふたつに折って半分だけこちらへ投げてください」

「ああ、わかった」

身体を避《よ》けていると、すぐに五〇センチくらい離れたところに竹の柄がごろりと転がった。

「それじゃあ、索敵に出発します」

点検口からちょっと顔を覗かせて春菜は康長に挙手の礼を送った。

「気をつけろよ」

康長は引き締まった顔つきで答礼してきた。

あたりはホコリだらけなのでスーツが汚れるが、この際そんな贅沢なことは言ってられない。天井裏は当然ながら真っ暗だった。

だが、目を凝らすと、天井のあちこちから光が漏れている。

点検口からもうっすらと四角い光が見えるし、節穴なのかまっすぐな光線も差し昇っている。春菜は五メートルくらい先の点検口まで両膝で這っていった。

距離と方向からしておそらくはさっき通ってきた廊下あたりだ。

天井裏側からフタを押してみた。

ラッチが掛かっているからビクともしない。

春菜は竹ボウキの柄でフタを何度も何度も力を込めて押し続けた。

なるべく音を立てないように気をつけたが、それでもかなり大きな音がする。

根気よく押し続けていると、いきなりフタがパカンと下へ開いた。

開いた点検口から春菜はそっと顔を覗かせた。

正解だ。廊下のまん中あたりの点検口だった。

廊下のもと来た方向を見ると、康長が閉じ込められている納戸の黒い鉄扉が見えた。
春菜が下へ降りようと姿勢を正したそのときである。
左側の部屋から鬼のような形相の慶一が駆けてきた。
ヒュイッと風を切る音が響いた。
春菜は反射的に身を引いた。
ガガッという音とともにナイフは天井裏を滑ってゆく。
「くそっ、おまえどこから出てきたんだっ」
慶一は憎々しげに叫んだ。
右手に何本かのスローイングナイフを持っている。
顔を出さねば、刺される恐れはない。
だが、それではずっと天井裏にいなければならない。康長を助けることもできない。
春菜は意を決した。
「あんた、どこでそんな下手くそな曲芸なんて習ったのよ」
顔を出して挑発する。
「なんだとっ」
ヒュイッ、ヒュイッ、立て続けに二本飛んできた。

慶一の叫び声と同時に春菜は身を避けた。
二本ともむなしく天井裏に落ちた。
「ぶざま過ぎて見てらんないわね」
春菜はふたたび挑発の言葉をぶつけた。
「このクソ女めっ」
地団駄踏んで慶一は悔しがった。
ヒュイッ、またも一本飛んできた。
「おっとぉ」
危ないところだった。
いまの一投は春菜の肩先をかすっていった。
慶一の手持ちはあと何本なのだろう。
残念ながらここからは確認することができない。
怒りにまかせても慶一はすでに四本を無駄にしている。
そう多くはないはずだ。
春菜は勝負に出ることにした。
さっと竹ボウキの柄を構えた。

やり投げの要領で右腕を前に突き出すと同時に握っている指を離した。

得物はまっすぐに慶一の顔に向かって飛んでゆく。

「うわっ」

慶一は顔を両手で押さえた。

ナイフが床に落ちる。残りは一本だった。

次の瞬間、春菜は点検口から飛び降りた。

春菜の右足は、空中で慶一の後頭部を蹴り飛ばした。

「ぐへっ」

慶一はつんのめって床にうつ伏せに倒れた。

倒れながらも、慶一の右手はナイフを探している。

春菜は慶一の右手から三〇センチくらいの位置に転がっていたナイフを拾い上げて遠くへ投げた。

間髪を容れず慶一の左の二の腕をつかんでゆっくりと背中へねじ上げる。

「痛たたたっ」

慶一は悲鳴を上げた。

「おとなしくしなさいっ」

ねじ上げた腕をさらに後方へそらしてゆく。

「痛いっ、放してくれぇ」

耐えがたい痛みが慶一を襲っているはずだ。

春菜は相手に損傷を与えない逮捕術を使っている。

絶対に慶一の腕が折れることはない。

春菜は左手で腰につけている手錠を取り出すと慶一の背中側から右腕に掛けた。

ガチャリと冷たい金属音が響いた。

少し身体を離して続けて左腕にも手錠を掛けた。

「神保慶一、午後八時七分。あなたを公務執行妨害の現行犯で逮捕します」

春菜は腕時計をちょっと見て高らかに宣言した。

「クソ女……」

両腕に背中側から手錠を掛けられた慶一は毒づいた。

「さぁ、納戸の鍵を出しなさい」

慶一はそっぽを向いて口をつぐんだ。

「まだ痛い目に遭いたいのね。それともナイフで切られたい？」

春菜はすごんでみせた。

「こけおどしを言うなよ。おまわりがそんなことするかよ」

ふてぶてしい声で慶一はうそぶいた。

「そうなの、痛い目に遭いたいのね」

静かな声で言うと、春菜は立ち上がって慶一のかかとを蹴っ飛ばした。

「うぎゃあああっ」

慶一はまるで断末魔のような声で叫んだ。

「大げさな男ね。浅野さんを助けるためなら、わたしはなんでもするよ」

春菜は本気で慶一を脅した。

「わ、わかった。鍵はパンツの右ポケットに入ってる」

慶一は舌をもつれさせて答えた。

右ポケットを探るとたしかに鍵が入っていた。

春菜は鍵を握りしめて納戸へと走った。

扉は簡単に開いた。

すっと納戸から康長が出てきた。

「細川、うまくやったな」

康長は右手でハイタッチの姿勢をとった。

「へへへ、得意分野です」

　もちろん春菜は喜んで答えた。

　パンと乾いた音が鳴った。

「おかけで生命びろいした。ありがとう」

　康長は几帳面な姿勢で頭を下げた。

「ふたりともケガがなくてよかったです」

「まったくだ……捜査本部に電話を入れる。とりあえずあの馬鹿野郎の身柄を引き取ってもらわなきゃならないしな」

　康長はスマホを取り出して電話をかけ始めた。

　春菜は転がったままの慶一に歩み寄って身体を起こした。

「一酸化炭素止めなきゃ。バルブはどこにあるの？」

　慶一はふんっと鼻を鳴らした。

「そんなもん最初からどこにも存在しないよ」

「なんですって！」

　春菜はあきれて叫んだ。

「あんたたちも単純だな。俺がこんな短時間で面倒な仕掛け作れるわけないだろ。追い詰められたから一矢報いたかったんだよ。で、真也の家から適当に持って来たベアを納戸に飾っといただけだ。僕をいじめたんだ。あんたらは罰を受けなきゃいけないんだ」

鼻の先にしわを寄せて慶一は笑った。

「あなたやっぱりサイコパスね……ＰＢ55を持ってるっていうのもウソなの？」

春菜の問いに慶一は力なく首を横に振った。

「いや……二階の寝室にある。あれは大事なものなんだ」

いままで見たことがないような淋しげな慶一の顔だった。

「そうだよね」

「あれだけは誰にも渡せなかった。それを売ろうとするなんてあのクソ野郎」

慶一は歯を剝き出した。

「詳しい事情はあとで浅野さんがしっかり聞くから」

「あんたの言った動機はみんな正しいよ。アリバイを破ったのもたいしたもんだ。だけどね、俺の彩夏への恨みはあんたが考えてたよりずっと深い。あいつに捨てられたせいで僕はなんにもできない廃人になっちまったんだからな」

慶一の瞳にはどす黒い炎が燃えていた。

春菜は男女の仲ほど不可解でときに恐ろしいものはないと感じた。

「僕をいじめた彩夏が罰を受けないでのうのうと暮らしてていいはずがないじゃないか」

顔をくしゃくしゃにして、なかば泣くような声で慶一は訴えた。

彩夏が言っていた慶一のこころのゆがみがありありと感じられた。

遠くからサイレンの音が響いてきた。

事件はこれで解決ということだろう。

だが、春菜のこころのなかには割り切れぬさまざまな思いが残った。

窓ガラスを叩く雨の音がいちだんと激しくなった。

明日は梅雨の中休みになるといいな、そんなことを春菜は願っていた。

朗らかに明るい陽光をいっぱいに浴びたい。

春菜の全身が青空をつよく求めていた。

闇のなかを歩き続けた五日間が終わろうとしていた。

4

事件が解決して四日後の水曜日、春菜はベイブリッジに向かうレストラン船《マリーンルージュ》のメインダイニングで暮れかかる海を眺めていた。

幸いにも今日は朝からよく晴れていた。まさに梅雨の中休みだ。

平日だが、春菜は土曜日の代休を取ることができた。

テーブルの向こう側には美女がいた。

エトロの小花柄のワンピースを華麗に着こなした関彩夏が微笑んでいるのだった。

金曜日の尋問の後味が悪かった。真実を究明するためとはいえ、春菜と康長はなんの罪もない彩夏に触れてほしくないであろう過去を無理矢理喋らせてしまった。彩夏はさぞかし苦しかっただろう。

康長は刑事の常道とまったく平気だったが、春菜はどうしてもひと言謝りたかった。

日曜日に彩夏に電話したら、なんと会ってくれるという。しかも食事をしたいと言ってくれた。ご馳走するつもりだったが、彩夏は固辞した。

その代わりに、ぜひこの船に乗りたいと言い出したのだ。水曜日は夜の教室がないそうで、今夜に決定したのだ。

春菜の日頃からは信じられない高級料理のレストランだが、たまにはこんな機会でもないと自分が錆び付いてしまうような気がして思い切ってOKした。

ディナークルーズのなかではいちばんリーズナブルなジャックコースにしてもらったが……。

出航は午後七時半だった。出港地は氷川丸のすぐ横の桟橋である。

機関が出力を上げて振動が船体を通して伝わってくる。

マリーンルージュはふわーっと海に進み出た。

窓の外にはみなとみらいのきらびやかな夜景がゆっくり流れてゆく。

県警本部から飽きるほど眺めたコスモワールドの観覧車やパシフィコ横浜のヨコハマ グランド インターコンチネンタル ホテルだが、海から眺めるのは初めてである。

風景というのは見る角度でこんなにも変わるものかと春菜は驚いた。

「金曜日はいろいろと失礼なことを言って申し訳ありませんでした。捜査のためとはいえ、関さんにはつらい思いをさせてしまったこと、こころよりお詫び申しあげます。本来ならば、ふたりでお詫びに伺うべきなんですが、浅野は次の事件の関係で飛び回っておりますので、わたしひとりで参りました」

春菜はしっかりと頭を下げた。

「気にしないでください。わたしが最初からすべてを話せばよかったのですし、結局は事件は解決したのですから」

彩夏はふんわりと微笑んだ。瞳がやさしく輝き、どこかに甘さを漂わせた唇が愛らしい。

その笑顔を見ているうちに、もしかするとお詫びを言いたいというのは建前で、こころの底では彩夏に会いたかったのではないかと思い始めた。

「それにしても刑事さんって本当にお忙しいんですね。浅野さんもう次の事件ですか。金曜だって夜遅くに綱島まで来て下さったし」

気の毒そうに彩夏は美しい眉を寄せた。

「わたしは刑事じゃないんで、そこまで忙しくないです……逆にお忙しい関さんにおつきあい頂いて恐縮です」

「いいえ、わざわざこんな時間を作ってくださってかえって申し訳ないです」

ふたたび彩夏はやさしい笑みを浮かべた。

出航してしばらくすると機関の音が静かになって、落ち着いたピアノトリオがダイニングルームに響く。

「わたし、慶一さんの本当の姿がわかって、ずっと落ち込んでたんです。真也さんといい、慶一さんといい、どうしてわたしはロクな男を選べないのかなって……」

ちょっとうつむいて、彩夏はしょげた顔で言った。

「そんな風にご自分を責めないでください。男を見る目がないのはわたしも同じです」

春菜は本音でそう思っていた。

「嫌なご経験があるの？」

彩夏は春菜の目を覗き込むようにして尋ねた。

「あは……嫌な経験以前に、まともな男が少しも選べなくてずっとひとりぼっちです」

春菜は照れ笑いを浮かべるしかなかった。

「不思議ね。細川さんってすごく魅力的な方なのに」

まじめな顔で彩夏は言った。

「やめてください……わたし自信ないんです」

春菜は肩をすぼめた。

グラスのシャンパーニュをふたりは頼んでいた。

女性スタッフが前菜の帆立のマリネ、キャビア添えを運んで来た。

新鮮で歯ごたえのある帆立と濃厚なキャビアのコンビネーションが舌を喜ばせてくれる。

アナウンスが食事中でも自由に船内を移動してよいと告げている。

どこから見るかで景色が大きく変わるのを楽しめると言っている。

席に戻ってから次の料理をサービングしてくれるそうだ。

「神保さんのベア・コレクションはどうなるのでしょうかね」

春菜は気に掛かっていたことを口にした。

「それについて、わたしの友人のひとりでベア・コレクターでもいらっしゃる河野道雄さんという貿易商の方と昨夜、電話でいろいろとお話ししました」

意外な名前が出てきて春菜は驚いた。

「あら、河野さん」

「ご存じだったんですか」

彩夏は驚きの声を上げた。

「はい、玩具のジャンルで登録してくださっている捜査協力員のおひとりで、金曜日に横浜でお話を伺いました。テディベアについての真摯なお考えに心うたれました」

彩夏は興味深そうに春菜の顔を見た。

「細川さんの顔が広いというのか、テディベア界が狭いというのか……。河野さんは神保国雄さんに勝るとも劣らぬテディベア・ファンでいらっしゃいます。テディベア文化をひろめることにつよい情熱をお持ちで、わたしずっと尊敬しているんですよ」

笑みを浮かべて彩夏は言った。

「とても素敵な方ですね。それで、ベア・コレクションは……」

彩夏は真剣な表情で口を開いた。

「河野さんの受け売りなのですが……今回のケースでは慶一さんは真也さんを手に掛けたのですから、法律の規定で相続人から除外されます。そうなると、相続人不存在ということになって相続財産管理人を選任して遺産を処理することになるのだそうです。今回は家庭裁判所が弁護士の先生を選定するだろうと河野さんはおっしゃっていました。相続財産管理人はまずは真也さんの債権者に債務を弁済することになります。その際に神保ベア・コレクションの残った一〇〇体は、弁済された債権者から一括して河野さんが買い受けるとおっしゃっています」

さらりと言った彩夏の言葉に春菜は驚きを隠せなかった。

「なんて献身的な……それにしても河野さんはお金持ちなんですね」

「実勢価格が判断しにくく一般の方には売却ルートがわかりにくいので、たいした値段にはならないだろうと河野さんはおっしゃっていました」

「たしかにふつうの人はもらっても困っちゃいますね」

「そうなのです。とくにアンティークベアは管理が難しいですので……。河野さんは買い受けたものをテディベア・ミュージアムに寄付するなど、ファン全体に公開できるような方向を目指すとおっしゃっています」

彩夏は目を輝かせた。

「素晴らしいお話ですね。それにしても皆さん、本当にベアを愛しているんですね」

春菜はテディベア・ファンのベア愛は美しいと感じていた。

「ええ、わたしはテディベアをこころから愛しています」

目の前で少女のように無邪気な笑顔を見せる彩夏をうらやましいと思った。

人は真に愛するものを持てたときにこんな幸せな表情になるのだろう。

三村千尋は彩夏から『ベアは作る人のこころを映し出す』と教わったと言っていた。

彩夏はどんなベアを作るのだろう。彼女のサイトはまだゆっくり見ていなかった。いつかは彩夏ベアの実物を手にしてみたい。

「なんでそんなにテディベアがお好きなんですか」

春菜の問いに彩夏は瞬時に答えを返した。

「だって、かわいいじゃないですか」

とろけるような笑顔で彩夏は目尻を下げた。

「たしかに」

「この一言に尽きます」

彩夏は言葉に力を込めた。

「ではテディベアに乾杯！」

春菜はシャンパーニュの泡がはじけるフルートグラスを高く持った。

「ええ、テディベアに！」

彩夏も微笑んでグラスを掲げた。

専門捜査支援班に来てよかった……。

春菜はいまの時間に満ち足りた幸せを感じていた。

広いガラス窓の向こうにはベイブリッジの灯りが華やかに輝いていた。

この作品は書き下ろしです。

神奈川県警《かながわけんけい》「ヲタク」担当《たんとう》　細川春菜《ほそかわはるな》4

テディベアの花園《はなぞの》

鳴神響一《なるかみきょういち》

令和4年12月10日　初版発行

発行人――石原正康
編集人――高部真人
発行所――株式会社幻冬舎
〒151-0051東京都渋谷区千駄ヶ谷4-9-7
電話　03(5411)6222(営業)
　　　03(5411)6211(編集)
公式HP　https://www.gentosha.co.jp/

印刷・製本―株式会社　光邦
装丁者――高橋雅之

幻冬舎文庫

ISBN978-4-344-43256-7　C0193　な-42-9

この本に関するご意見・ご感想は、下記アンケートフォームからお寄せください。
https://www.gentosha.co.jp/e/